宁
著

叮
当

陕西新华出版传媒集团
太白文艺出版社・西安

图书在版编目（CIP）数据

叮当 / 唐秀宁著. -- 西安：太白文艺出版社，2021.9（2023.2重印）
ISBN 978-7-5513-2002-3

Ⅰ. ①叮… Ⅱ. ①唐… Ⅲ. ①中篇小说－小说集－中国－当代②短篇小说－小说集－中国－当代 Ⅳ. ①I247.7

中国版本图书馆CIP数据核字(2021)第175616号

叮 当
DINGDANG

作　　者	唐秀宁
责任编辑	李 玫　张馨月
封面设计	陈永奎
版式设计	邓晓菊
出版发行	陕西新华出版传媒集团 太 白 文 艺 出 版 社
经　　销	新华书店
印　　刷	三河市嵩川印刷有限公司
开　　本	889mm×1230mm　1/32
字　　数	150千字
印　　张	7.75
版　　次	2021年9月第1版
印　　次	2023年2月第3次印刷
书　　号	ISBN 978-7-5513-2002-3
定　　价	42.00元

版权所有　翻印必究
如有印装质量问题，可寄出版社印制部调换
联系电话：029-81206800
出版社地址：西安市曲江新区登高路1388号（邮编：710061）
营销中心电话：029-87277748　029-87217872

目 录

001 | 树叶上的村庄
080 | 顺流而下
132 | 叮当
150 | 桃叶
162 | 泉拜和石拜
176 | 润生
186 | 老包
204 | 石榴花开
221 | 支书永泽

树叶上的村庄

一

门由粗细不一的树枝捆扎而成,是地道的"柴扉"。一根绳子,一头系在门边,一头系在窗棂上。绳子是简易柴门的软扣,在窗棂上打个结,门就被拴上了。

隔着门,狗叫声此起彼伏,可以想见,院内不止一条狗。小于站在门边往里看,却只看到一条小黄狗,矮而壮,和柴门一样被拴在窗棂上,活蹦乱跳地叫着,其余的叫声来自小于看不见的地方。女主人走了出来,经过窗下时,她弯腰在小黄狗的左耳上扇了一巴掌,那狗立刻就不叫了,只管朝着主人摇尾巴。扇小狗耳朵的同时,她疾行的脚步并没有停下来,有点像马戏团的杂技演员在马背上弯腰捡拾地面上的小东西,既快又准。

同行的郭队长瞅瞅身边乐呵呵的老齐,又瞅瞅已经笑成一朵花的小于，不由得也笑起来。

前来开门的女主人却没有笑，她把门从里面解开，又拉到一边靠稳，这才站在一边等他们进来。没有任何言语，她只用眼神和他们打了个招呼，不卑不亢。

来此之前，小于已经听说了些这家人的境况。三口之家，三代人。老年母亲、中年母亲、二十岁的女儿，一个没有男人的单薄之家。据说中年男主人殁于山西煤矿矿难，还据说矿上给这家赔偿的命价，至今无人去领；还有说这家人可能信的是邪教，常常半夜三更焚香烧纸祈祷，并且不肯接受任何资助。有干部在年前提着米面油去探访，竟然被撵了出来；还说女主人给来人说："我们不是叫花子，不需要谁的施舍。"

因此，这回来访，小于自己的心里先没底了，真害怕也被撵出来，对这个传言中不幸又保有自尊的家庭，她心里有一些好奇和敬畏。

从今天起，这个户主名为马玉琴的建档立卡户，就是小于一对一包户帮扶的对象了。先前帮扶这个贫困户的同事老李，已于上个周末拿着退休文件回家。

女主人招呼他们进到屋里，找出几个纸杯子来，从暖水瓶里倒出三杯水，分别递到他们手上，面无表情地说："白开水，你们喝！"语气里多少有一点点歉意，可能是没有茶的缘故。水有点烫，小于把杯子顺手放在靠墙的一张简易小矮桌上，自己找了一个小板凳坐下来，郭队长和老齐也找凳子坐下。屋外的狗叫声渐渐低下去。

一束光从屋顶的漏洞里斜射下来，经过木椽子和木梯子，把它们的影子也带到了地面，光柱中飞舞着无数细小的灰尘。小小的屋子里没有一件多余的家具，即便小木凳，也就仅有的四个。小于他们三个人一落座，就正好还剩一个凳子，她招呼站在一旁的女主人坐下来。那个头发花白的女人犹豫了一下，弯腰把凳子往离他们稍远点的墙角处挪了挪，这才坐下来，却一副很警惕的神色。

郭队长问她："你就是马玉琴？就你一个人在家？家里还有谁？"

就像刚才撵狗一样，她说话也很利落："我们家就三口人，女儿、我和我婆婆，马玉琴是我婆婆。今天镇上逢集，女儿和她奶奶去赶集了，我一个人在家打菜籽。"

"男人呢？"

……

女主人沉默了。

小于有点后悔刚才在路上没把自己听到的关于这家男主人的情况告诉郭队长，这下好了，队长是哪壶不开提哪壶。可是话已经问出口，想收回也来不及了。正在小于有点尴尬，队长感到纳闷的时候，只听女主人沉着嗓子说："这屋里没有男人！"

乐呵呵的老齐给女主人介绍说:"我们是县农业局联系这儿的扶贫干部,这是我们的郭副局长,也是这儿的扶贫队长,这个女干部小于和我一样是这儿的扶贫队员。我叫齐天乐,大家都喊我老齐。今天我们是来了解一下你们修新房子的事情。"

听说是来了解情况的,女主人说:"那你们跟我来,先看一下准备盖新房的地方。"说完,领着小于一行出门往左面的一块空地走去。两条狂叫着的大狗就拴在边上,刚才已经乖乖卧下的那条小狗又被惹得叫唤起来,一时间满院子的狗叫声此起彼落,人说话都得用很大声音。小于一边奇怪她们家为啥会养三条看家狗,就这么个一贫如洗的家,需要这么多看家狗吗?一边又生怕会有一条狗扯断绳子冲上来,她小时候被狗咬过,至今怕得不得了。

没想到女主人看到小于害怕的样子,很善解人意地对她说:"你回屋里喝水,我带领导看看就行。"

小于赶紧留步,却没有进屋去,她发现了一个有趣的地方——院边半截矮矮的土围墙,墙上有个树叶状的破洞,小碗口那么大,从洞口看出去,远景青山连绵,近景屋舍俨然,别有一番情趣。拿出手机,对着这个洞口的所见,她拍了好几张照片,选出三张取景、曝光还算满意的发了朋友圈。一会儿工夫,微信好友们的留言接踵而至,有赞慧眼独具的,有问这是哪儿的桃花源。还有一个写诗的朋友这么说:久违了 /

这树叶上的村庄／那青山的叶脉／是我永远的乡愁／叶柄连着的围墙／至今还刻着我曾经的梦想……

小于隔着手机屏幕冲她这个诗人朋友扮了个鬼脸，心下奚落道：呵呵，诗人啊诗人，你知道个啥嘛！照片"照骗"，这不就把你给骗了！待在城里说乡愁，看张照片谈梦想，都是不切实际的哟！要让你来走访走访乡下到处荒芜的村庄，地无人种，家无人管，老年人无人照顾赡养……或者就马玉琴家目前如此困窘的状况，看你还会不会惊呼太美了。

郭队长和老齐看完盖房子的地块回来，仍然坐回到屋里去喝水，小于和跟在后面的女主人拉了几句家常。女主人告诉小于，女儿今年二十岁了，婆婆六十多岁，她今年三十九岁。小于吃惊地看着面前的女人，咋看都不像三十九岁的样子，因为小于自己，也才刚刚过了四十岁的生日，但这个女人看上去比自己最起码要老上十岁，不说别的，只看她满头华发，已然显出中年将尽的老态。

即便如此，小于还是言不由衷地说："你看上去不太像快四十的人呢。"听小于这么一说，女主人忽然显露出羞涩的笑意，表情明显柔和了。

小于接着说："我比你还大些呢，但孩子才十五岁。"

女主人终于给了小于一个笑脸，并说："你们干部家，结婚迟；我们农民家人，结婚生娃都是一个早。"

小于趁机问她:"孩子她爸呢?"

女主人低头咬着嘴唇,用脚在地面上不住地划来划去,想说又不愿直说的样子。有着几年乡镇工作经验的小于趁热打铁,亲亲热热拉着女人的胳膊摇一摇,说:"咱俩年纪一般大,你就当我是个同学或者姐妹,把你的情况说一下,我保证不会说出去的。再说,咱们都是女人,家长里短也都能理解的,我更理解没有男人的女人生活就是比别人难。这不,我以后就是你们这个建档立卡户的联系人,你还有啥不放心我的呢?说一说,有啥困难我们一起解决。"

女主人这才抬起头来,定睛看了会儿小于,确信小于的眼神也是真诚的,这才三言两语告诉小于:"我娘家在后山里,因为穷,嫁到这家来冲喜,我的命不好,没冲过……头一个男人死了……婆婆好,没让我再走一步,招了上门女婿……一搭过了两年,娃一生下来,人家就走了,就再没了音信……唉!真的是命不好,你以后慢慢就知道了……"

小于感到震惊,自己的同龄人中,竟然还有因为冲喜这个陈规陋习而牺牲了婚姻幸福的人!可是小于表面上没有表现出吃惊的样子,依然很平静地安慰眼前的女人:"妹子!没啥!这世上没有过不去的坎儿,这不,就是没有娃她爸,你不照样把娃养大了,你是有功劳的娃她妈呢!"

女主人忽然被小于的话感动了,她眼里噙着泪水,沉默了好一阵，直到泪水在眼睛里旋了几个来回，又生生地被眼眶圈住没能流出来。这才开口接着说："娃她爸自打走了，已经快二十年了，从他老家里就来过一封信，说是人已经在山西煤矿遇了难……说是他老家里另有妻儿老小，到我跟前来是走的第二步，还说让我们回老家争取命价赔偿……我没去，去也没用，这么多年不管我们，死了还能有我们的份儿？啥好事还能轮到我这个穷命的女人？我就不去，日子不是照样过着哩！"

原来是这么一个不幸的家庭！除了唏嘘感慨，小于不知道说什么好，她知道说什么都是无用的，眼下要紧的是赶紧干点实事。从女主人对小于说话的态度和对小于的男同事说话的态度上，小于感到她对异性比较排斥，有不信任感。也难怪，这是个在感情上受过伤害的女人；但这又是个善良的女人，刚才在提起抛弃过她的男人遇难的事情时，女人黯然神伤。小于猜想女主人这么多年和婆婆一起拉扯孩子，再没有成家，说明在她心里还是有孩子她爸这个男人的。

女主人告诉郭队长，扶贫政策已经落实到位，也就是说政府补贴的易地搬迁款已经拿到手，只等择日起地基盖房子。她打算请村干部办盖房手续，但考虑干部都忙着，自己的事是小事情，也就没敢去打扰干部。郭队长告诉她，盖房子不是小事情，只管去找村干部好了，并承诺下来要给村干部专门叮嘱一下她们家的事，同时也给她保证说一定在今年十月份之前让她们一家住进新房子。

老齐问她还有没有别的要求,她说还有个小事情,就是她们家的通路问题——多年来没有一条从院子里通往外面公路的小道。原因是路尽头隔着邻居家的一块地,邻居不让从自家地里经过,她们只好从屋后的土坎上来回出行。并说那块地原是她家的,硬是让邻居一点一点挖土赖了去。

小于再次感到诧异,这怎么能是小事情!同时小于还有一些疑问,为何这么重要的问题多年没有得到解决?扶贫工作已经接近尾声,为何她们家才被安排易地搬迁?要知道,即便再贫困,可如今还住着屋顶有漏洞的房子的人家真是不多见了。何况这个贫困村离县城不远,还算不上极度贫困。刚才郭队长他们看到阳光从屋顶上的破洞漏下来,也问是怎么回事,女主人说是那年修高速公路时被炮炸起的碎石所击,因为家里缺劳力,没有及时补漏,只好就这样一直凑合着。

小于在心里默默算了算,修高速公路从策划到现在,有八个年头了,通车也已经三年多时间。她们一家住着有漏洞的房子少说有五年了。不敢想象,五年中,每到雨季,相依为命的三口人是怎么熬过来的!

偷偷看一眼郭队长和老齐,小于发现郭队长的脸色越来越阴沉,明显是被这个现实状况刺激到了;而一天到晚笑呵呵的老齐,也紧抿着嘴,面色凝重。但是二人都忍着一句话不说。

倒是小于，心里已经在埋怨这儿的村干部工作不认真了，这么严重的贫困户，竟然能被忽视了。小于心里愤愤不平，同时也为自己要在这儿长期包户而发愁。初来乍到的那点新鲜感也没有了，取而代之的是对这家人深深的同情、对往后工作的担忧，以及想要问责有关人员的愤慨。

小于就是这么个人，热情、易感，善解人意又有份执着的责任感，因此她在单位人缘很不错，领导决定由她来接手这个家庭情况特殊的贫困户，想来也是看中她的这些性格特点。

关于女主人刚提出的通路问题，郭队长表示下来一定和村干部联系，帮助她们和邻居家协调。他们一行告辞后，还从刚才来时经过的地块走出来，女主人远远地指给他们看，说那就是她们家被邻居赖去的地块。但她自己并没有跟出来，而是谨慎地用绳子把柴门拴到了窗棂上。小于这才明白了，之前找马玉琴家，有人给他们指路让从屋后的土坎下去。因为草丛深，怕有蛇，他们才没有从那儿走，而是兜来转去从一块玉米地来到了她家院门口。

回来时，小于一路上都在想，关于外人对这一家人的传言，的确是有很多不实。从女主人一再说自己家的事都是小事，看得出这家人的特殊；有事又不肯找村干部，是她们不爱跟人打交道的孤僻；宁肯从土坎来回上下，也不和邻居交涉，又看出这一家人过分的自尊来；被人赖了地块去，又无法，可见她们的懦弱和糊里糊涂的善良！但是又有什么办法呢？在一个没有男主人的贫寒之家，三个女人也只有拴紧柴门，多养几条看家狗而已。

三个人回到村委会，郭队长专门就这家的情况和村干部以及包户干部一起开了个短会，几位村干部都说这家人的确是性格孤僻，不愿与外人打交道。当年修路，她们家房屋受损，都是按照政策给了赔偿的，可是她们却没有及时修补房屋。主要说是那家的婆婆马玉琴厉害得很，因为家里没男人，老婆子不许村里别的男人登门，而维修房子是男人才能干的活儿，这样就耽搁了下来。但是人家也能忍受，维修费不定早就花到生活上了，房子也就那么晴天透光雨天漏水地住着。

村主任杨大毛还神秘兮兮地说："知道马玉琴家为啥养那么多条狗吗？不是为防贼，贼才不去偷她们家哩，你们也都去看了，那家里全部家当绑一起不值一万元钱，贼都看不上眼哩！"说到这儿停一停，杨大毛环视一眼屋里所有人，看到大家正凝神静听，这才压低声音继续说："防啥哩知道不？防外面心怀不轨的男人哩！听说有一年，东头水坝的光棍老杨天天打马玉琴儿媳妇的主意，守着人家门跟前不回去，老婆子骂都骂不走，最后硬是拿烧火棍给打跑了。再后来她们家院底里杨树他爸，黑天半夜往马玉琴家跑，还不是看着人家儿媳妇年轻。老婆子实在没治了，干脆院里养了三条狗，一个比一个凶，一个比一个叫得响,看谁还敢到人家院里去!"再停一停,杨大毛瞅一眼旁边的社长杨五魁,坏坏地笑着又说:"不过嘛,我看也只有咱们的杨社长,你这一米八五的大高个,一身的腱子肉不害怕马家的三条狗。"

杨大毛话音一落,满屋子的人哄笑起来,社长杨五魁也笑了,边笑边冲着杨大毛啐一口,笑骂道:"去去去!当别人都是你啊?谁不知道一道沟的娃娃都把你杨主任喊爸爸哩。"

大家笑得更起劲,小于也忍不住跟着笑,但到底有些不好意思——满屋子就她一个女同志,听一帮大男人嘴里没边没际地胡扯。其实这些熟悉的乡镇生活场景,她从刚参加工作就已经领略过,也是见怪不怪。她也明白,正是因为自己在场,这帮男人才没有就这个话题说出更出格的话来,要不他们一旦说到男男女女的事情,那可是几天几夜都说不完的。

只说这一道沟的娃娃喊杨大毛爸爸的事情,也还是杨大毛在没当主任前自己说出来的。有一回,他站在村里的文化广场给大家吹嘘说杨家沟一道沟的娃,都被他用小零食诱骗着喊过爸爸。当了村主任,杨大毛就不欢迎别人再说他的这个"梗"了。尤其是眼下,精准脱贫到了冲刺阶段,村上的大学生村官听说考上了什么地方的研究生,马上就要出去深造了。那么,支部书记这个位子,会不会留给他杨大毛呢?他心里已经无数次盘算过这个事情了。

因此杨大毛立即正色道:"哎!杨社长,咱们说正经的,再不要胡说这没眉眼的了。大家都正经起来,赶紧正经点!"可他越是这样强调,一屋子人越是笑得欢。没法子的杨大毛只好把求助的眼光投到郭队长身上。

郭队长刚抽完一支烟,他慢条斯理地踱到屋子那头的办公桌旁,用力把手里的烟蒂拧灭在桌上的烟灰缸里,这才开口说:"说归说,笑归笑,但杨沟村脱贫攻坚的任务不是光靠这样说一说笑一笑就能完成的。杨主任说得对,是要正经干点事哩!别的不说,仅仅马玉琴家的易地搬迁就是个迫在眉睫的大事情。尽管我来这儿驻村没几天,也听闻了些她们家的具体情况,刚才杨主任说得也不错,一家人性格孤僻不愿跟人打交道,但我们要是打算真正帮扶她们家,还就只有主动去跟她们打交道。我今天了解了一下,她们家打算建新房子的地址已经选好了,只等着村上给办个建房手续。不知道这个手续具体在谁跟前办?但不管是谁办,怎样办,都必须在最短时间内落实到位,因为我们必须赶在十月份之前让这一户搬到新房去,十月底省上的检查组就入驻我县了,到时候一定不能让检查组逮住啊!"顿了一下,郭队长接着说:"大家也都明白,一场脱贫攻坚战已到尾声,该是打扫战场的时候了,谁也不愿意在这最后关头再有意想不到的牺牲,对吧!首先我表个态,从今天起,我就专注这一户的新建工作,希望大家能全力配合,全力以赴。大家也都表个态，咋样？"

杨大毛第一个表态："没有一点问题，队长说让我们怎么干我们就怎么干！"

接着，副主任、社长、会计、文书、老齐等人一一表示和郭队长意见一致。轮到小于开口时，郭队长先给大家做了个介绍："这是我们县农业局的高级农艺师于明明，业务上的一把好手，跟我一样，也是个替补队员。这回我是接替前任队长，小于是接替退休同事老李的帮扶工作。我们俩都是初来乍到，很多情况还不够熟悉，还希望在座的各位能多给予帮助和支持。"

郭队长再看一眼不知什么时候进门的大学生村官赵飞，提议让这个在杨树沟当了整整两年村支书的年轻人做个总结发言。赵飞赶紧站起来，朝着郭队长和小于点点头算是打过招呼，然后朗声说："刚才郭队长说得已经很到位了，我表示全力支持！只要我还在这里任一天村支书，就要给村里多做一点工作，至少我不会干让群众骂我们村委班子的事情。至于马玉琴家的几项亟待解决的问题，当中还有些牵牵绊绊，我们要做好这项工作，就必须细致，要设身处地为这户人家考虑，也要把话说到人家心坎里去，工作才能更顺利地开展。好了，我就说这些，下来遇到具体问题咱们再具体解决。另外，郭队长刚才介绍的这个于农艺师，一会儿你到我办公室来，我要给你详细交代一下马玉琴家的具体状况，希望能给你新接手的工作提供点线索和资料。"

小于赶忙冲这个年轻人微笑着点点头，她很欣赏这个俊朗的年轻人，他看上去阳光、开朗。从刚才他一席话，小于听得出来他还是个性子耿直有所担当的人，虽然浑身还带着股子懵懂的学生气，但也是打算干实事的那种气息。小于心里想，有这样一个村支书给自己鼓劲打气，马玉琴家的脱贫工作不会有自己想象的那么难搞。另一方面，小于通过对主任杨大毛这一阵的暗中观察，直觉这个村主任是个表面上一团和气，私下里心思不少的滑头。这不，村支书赵飞的话音刚落，小于就注意到杨大毛的嘴角往下撇了又撇，想说什么又硬是忍住了。

散会后，小于往村支书办公室去时，听见杨大毛正坐在医务室里大声发牢骚："有啥了不起！给谁话里有话呢！就好像只有他一个是为群众着想的，还说啥不能让群众骂，现在的群众，你干啥都会骂你的，年轻人没经过世事，把个临时的村支书当皇上当哩，谁还不知道给自己落点好，要得罪人你一个得罪去，得罪光了你一拍屁股走人，我这个主任还要吃杨家沟的粮，喝杨家沟的水哩……"

在村支书赵飞的办公室，小于了解到，马玉琴的孙女艾叶儿，正在和同村的杨树谈恋爱，只因为马玉琴与杨树他父亲早些年的积怨，双方家长都不同意这桩婚事。杨树这个男青年，是村里搞种植脱贫致富的劳动模范,高中时和赵飞是同班同学,没有考上大学就待在家里侍弄几亩承包地。几年前先是试种香菇、蘑菇和木耳,定点给城里超市供货,一年随便赚个两三万元。后来有了精准扶贫政策,杨树把村里十几个贫困户的产业扶贫贷款集中起来,成立了食用菌合作社,并注册了"杨家沟菌类特产店"网店,加入了电子商务运营大军,以分红的方式带领贫困户一起靠种植脱贫。去年全市表彰了四十多名"电商英雄",杨树就是其中之一。

马玉琴家和杨树家是邻居,早些年马玉琴给媳妇招的上门女婿无声无息地走了之后,一家三代女人,老的老小的小,杨树他爸看着一家人可怜,常去帮忙干点力气活儿。时间长了,村里有人说闲话,说杨树他爸打马玉琴儿媳妇的主意。杨树他妈不乐意了,不但管着自家男人不准再登马玉琴家的门,并且到处说杨树他爸有外心,力气舍得给人家花,钱也舍得给人家花,就连她做上一顿好吃喝,贼老汉都要给人家偷偷摸摸端一碗……这就弄了个说不清,杨树他爸自从跟老婆打了一架,保证不再帮马玉琴家干活儿或者借钱之后,两家人就有了嫌隙,谁见了谁都不再打招呼。也就是从那时候起,艾叶儿的奶奶马玉琴就在院里养了三条狗看家,越发不跟旁人家来往。可即便这样,村里人还是在背后有说不完的闲话,一直说到两家的孩子都长到谈婚论嫁的年龄了,马玉琴心上的疙瘩还没有解开。

这不,两个年轻人偷偷恋爱有两年了,就是不敢公开。最近因为杨树他爸逼着杨树赶紧找对象,他还等着抱孙子呢;再加上杨树这几年经济状况好,四邻八乡传来传去小有了名气,本村别村的姑娘家看上杨树的大有人在,好几家都破了乡俗"倒发媒"直接上门提亲。只是这杨树也是个实心眼,就认准了非艾叶儿不娶,谁家的女子再长得天仙似的,杨树也是一概不见。没办法,他爸妈也就只得依了他,儿大不由娘,再说这家业也还是杨树这几年干着积攒下的,做父母的一边高兴,一边觉得再干涉儿子的事情就不像原先那么理直气壮,索性也就认了,只说要赶快把事情定下来,二老要赶在明年收核桃的时候抱孙子。

赵飞告诉小于,杨树家倒是没有为难了,只是马玉琴还在那儿端着。头一回,村里的媒婆上门去给杨树提亲,竟被马玉琴撵了出来;第二回,杨树给媒婆又买衣服又交话费,花了上千元,媒婆才又登了趟门。马玉琴倒是松口了,但提出要十六万元的彩礼。这又把杨树他爸惹恼了,说老太婆这是在买卖人口,不把孙女卖一笔大钱不解气。

"亏得马玉琴家跟村里人不咋打交道,这话也就没传到她耳朵里去,否则老太婆又得置气,这样两下里一闹僵,事情更不好办了。"赵飞叹着气给小于又说,"偏偏杨树天天来缠我,让我以村支书的身份去给他说媒,可我哪里干过这事情啊!话说回来,我自己还没正经谈过女朋友呢!女孩子们心里想的啥,我有时候真是摸不着头脑。"

看着又挠头皮又满面愁容的赵飞,小于忍不住又笑了,她这爱笑的性格,在哪儿都给人一份轻松感,赵飞跟着也笑起来,边笑边央求似的说:"于姐,我就不称呼你是啥农艺师了,只当你是个老姐,请你给我帮个忙,去马玉琴家说趟媒,只要把老太婆的工作做通了,就是老姐联村包户最大的功劳。只要杨树和他女朋友的事情一成,两家成了一家,杨树负责的食用菌合作社就可以把马玉琴家吸收进去,这样一帮一带,不信马玉琴家今年不能脱贫。你说是不是呢,于姐?"

"好倒是好!赵支书主意不错,可这做媒的事情我也是没有干过,你这不是赶鸭子上架嘛!还是重新找个合适的人吧。"小于心里其实蛮想成全这桩美事的,可嘴里还是说着推辞的话。

赵飞一听急了:"于姐!你是不是党员?我看你就是最合适的人,你要是党员就更好办,马玉琴就是一个老党员,她是个脾气耿直的老太婆,却尊重和自己一样是党员的人。"

"我不是党员,但我的觉悟高。瞧你说的,我这个非党员难道还不能登人家党员的门了?再说今早我已经去过一趟,虽然没见上马玉琴和她的孙女儿,但马玉琴的儿媳妇跟我是同龄人,我想应该是能说到一起去的。"

小于连珠炮般说出这一串话,赵飞总算听明白了,她是愿意去马玉琴家当这个媒婆的,当下心里松了口气。赵飞赶紧去给小于泡茶，并请小于参观自己挂在办公室的书法作品。

二

艾叶儿趁着奶奶去厨房洗碗的当口，装作若无其事的样子，站在院边的半截矮墙跟前，悄悄从牛仔裤的口袋里摸出手机来，打开相机，从墙面上一个树叶状的洞里照出去，看到墙外几十米远杨树家房顶上的电视接收器，那个像铁锅一样的东西。她把镜头再往跟前拉了拉，这下就看见了正站在屋檐下玩手机的杨树，旁边的平顶屋后，有几株茂盛的蜀葵，原本是粉色，夕阳下开成了红彤彤的一片。

咔嚓！艾叶儿飞快按下相机快门，隔着墙洞拍下一张照片，仔细看看，不满意，删了。再将焦距对准墙洞里看到的景物，使洞周围的土墙全部隐在黑暗中，按下快门，居然拍到一张相当不错的照片。黑暗中突显出一枚亮亮的树叶，树叶里藏着一户人家，红墙黑瓦的瓦屋、白墙白顶的平房两相对峙，一棵高大的核桃树站在两座房屋的中间，已经有青绿的核桃果从浓荫中露出脸，亮晶晶的；还有杨树的一张脸，也是亮晶晶的。

艾叶儿看着这张照片中有些模糊，但在她心头却再清楚不过的脸，微微地笑了。接着她把这张自己颇为得意的照片通过微信传给了杨树，并加上一句话：树，奶奶今天松口了！后面再缀上一个调皮的表情。

"艾叶儿、艾叶儿，又死哪儿去了？快去倒洗锅水！"

奶奶今年六十九岁，但身板硬朗，说话响亮，是个一辈子操心劳苦惯了的人。自打艾叶儿记事起，家里就是奶奶说了算。她的妈妈只知道埋头干活儿，田地里除草耕种，家里面缝补浆洗，样样都能干出个工整模样来。但就这样，奶奶还常说妈妈：慢吞吞慢吞吞，三年搓不成一根绳。

艾叶儿不大爱听奶奶说话，常觉得奶奶刻薄。在她心里眼里，从小觉得还是妈妈好，一年到头好性子。奶奶说妈妈，妈妈不会吭声，就是艾叶儿有时心里不乐意，顶撞妈妈两句，妈妈也就低头让过去了。所以虽然从小家境并不怎么好，但艾叶儿还是觉得自己是在蜜罐里长大的，她的妈妈就是给她酿蜜的蜂妈妈。其实艾叶儿早就观察到，只要奶奶没在的场合，妈妈一样很爽快，也有自个儿的主见，不过是奶奶的势头把妈妈压住了而已。

倒完洗锅水回来，艾叶儿特意站在墙洞跟前，装作漫不经心地往外看了看，杨树已经不在刚才站着的地方了。她心里就很高兴，一边回屋一边迅速看了下微信，果然杨树给她回复了一个欢呼雀跃的表情。奶奶看到艾叶儿走路都在盯着手机，就又数落了她几句，同时连带着把她的妈妈也数落了，意思是当妈的不管女儿，尽着她一天到晚拿着个手机，不知道是能吃呢还是能喝呢！

艾叶儿才不管奶奶的数落，她看了一眼正在搓绳子的妈妈，想起奶奶常奚落妈妈的那句话，忍不住扑哧一声笑了。妈妈抬头看看她，给了她一个无声的笑。奶奶看她们娘儿俩乐和，不由自主也跟着乐了。祖孙三代人在小小的屋子里你看我我看你，高兴了好一阵，妈妈终于用一些麻纤维搓成一根细细的绳子，约有两米长。妈妈说门上的绳扣儿太旧，快要断了，得换新绳子。说完正要出去，屋外的三条狗一齐狂叫起来，来人了。

奶奶抢在妈妈前头出了门，屋外的狗叫声并没有减弱，而是更凶了，艾叶儿就知道是谁来了。她轻轻地推了妈妈一把，朝外努了努嘴。妈妈会意，出去大声喝退了狗，走到用绳子拴在窗户上的门跟前，一点一点解绳子。说是门，其实是马桑枝捆扎在一起的类似门扇的东西，高不过艾叶儿的头。人站在门扇里面，能很清楚地看到来人的上半身。

妈妈麻利地解开系着门扇的绳子，把门外的人放了进来，自己却不领来人进屋，而是自顾自去换刚搓好的新绳子。奶奶看到来人进了院子，高声招呼道："她疯姨，你可真是个稀客！你这贵脚咋还踏上我这贱地了呢！"

"啥叫稀客嘛！看我娘娘说得生分着哟！这不，今儿个天气好，树上喜鹊叫，你侄娃我是来给娘娘报喜来了。"那被奶奶称作疯姨的女人用手掌扇着凉，一步就踩到艾叶儿家的台阶上。艾叶儿听到奶奶和疯姨说话,忍不住又想笑。娘娘,是当地人对婶娘的昵称,疯姨是艾叶儿本家叔叔的老婆,她应该喊娘娘的,偏奶奶不按辈分称呼人家,倒和村里其他人一样,也让艾叶儿喊"疯姨",这明显就是为了显出生分来,也是看不上人家的意思。艾叶儿和妈妈都明白,奶奶从来就不喜欢这个本家侄媳妇。早些年,村里女人喜欢疯姨的人更少,但这些年用得着疯姨的人却渐渐多了起来。

疯姨娘家姓冯,嫁到杨家沟杨家,按村里规矩就该喊人家杨姨,可她偏不认这个规矩,非要晚辈们喊她冯姨,谁要是喊杨姨她是不会答应的,还要奚落人家两声说:"啥杨姨不杨姨,你咋不喊杨婆来!"时间一长,就被大家伙儿给叫成了"疯姨",知道她真名的人倒是少了。年轻时候的疯姨人长得好看,又是水一样的性格,加之婆婆死得早,自家男人宠她又怕她,她就爱招惹村里村外的男人,惹得他们总和自家媳妇吵嘴打架。后来年长些,她学会了做媒,走东家串西家地撮合婚事。一张能把死人说活的伶俐嘴巴,不知成就了多少先结婚后恋爱的婚姻,她也借此得到不少钱物上的好处。尤其这些年农村小伙娶媳妇难,疯姨就更是方圆几十里最吃香的人了。

疯姨聪明着呢,她知道艾叶儿的奶奶不喜欢她,也就不说自己是侄媳妇的话,而是自称侄娃,以此来套近乎。果然奶奶的语气稍微平和了些,但依然话中有话地说道:"树上的喜鹊年年叫,世上的好事天天有,但万不能有一桩是能轮着我们这样的人家的。她疯姨你莫是梦反了走错了田埂,咋还糊里糊涂登我家的门来了!"

疯姨不紧不慢地说:"娘娘,你是娃的长辈,冤枉人的话可不敢说哩。我一没梦睡梦二没走田埂,我就是来给你老人家传话的,公路底下杨家的大儿子看上你家的艾叶儿了,请我来给他当媒人哩。"

"杨家?那我高攀不起!人家是啥人?杨令公的后人!我家是啥人?地畔畔上的草人!你莫是听错话看花眼了吧。"

疯姨边笑边说:"哎哟我的娘娘,不是有句老话哩,养女儿的人就盼媒哩。你家艾叶儿如今长得一朵花似的,看上的人可是多了去了。不知有多少人托我给他传话来哩,可是我总没个看上的,这回偏就愿意给杨树和艾叶儿牵线搭桥。一来我是娃的长辈;二来,杨树那个娃是个正经娃娃,不抽烟不喝酒不赌博,光知道一门心思务家,你看这两年他侍候的菜园子,收入是全村里最高的。人呢,模样儿也长得周正,我咋看都能配得上我们艾叶儿。你说呢,娘娘?"

奶奶不紧不慢地告诉疯姨:"你就是把天上的星宿说下来,我要的十六万彩礼是不会松口的。我可不管杨家给了你多少好处!"

"能有啥好处?我的娘娘!总共不过给我打了三百块钱的

电话费，我连他半斤茶叶都没喝上哩。"

"那就是杨家没日月，给媒婆子都舍不得花钱，礼钱肯定就更舍不得了，你去告诉他，我要的钱数一分都不能少！"

疯姨看奶奶没有让她进门的意思，站着说话总不是个事，索性一屁股坐到门槛上。奶奶一下子急了，一把拉她起来，边数落边从屋里给她拿了个小凳子。奶奶很不高兴地看着疯姨说："你咋一点忌讳都没有？不知道女人家不能坐门槛吗？"

疯姨才不恼，笑着挪到板凳上坐稳当，这才说："娘娘，少一点行吗？就少一点点！十二万咋样？"

"十二万？一口就说没了四万元，还说少一点点，这是一点点吗？别说十二万，十五万都不行，少一分都不行！"奶奶明显话里带气，声音又干又硬，说完再也不理疯姨，顺手拿过廊檐下盛着大蒜的竹筛子，埋头破蒜瓣。妈妈也找个小凳子坐跟前，帮奶奶一起干活儿，还是一句话都没有。

疯姨坐得有些尴尬，但没讨个回话又不甘心。探头往屋里一看，艾叶儿正在屋里偷偷听外面的动静。冷不防疯姨喊一声"艾叶儿！"，倒把奶奶吓了一跳，虎着脸骂疯姨："把你个犯丧的！把我死老婆子吓出病来，看我能饶了你！你叫艾叶儿干啥？难道她还敢把自个儿值多少礼钱的主做了？"

艾叶儿硬着头皮出来站在疯姨跟前，看看妈妈，又看看奶奶，不知如何是好。疯姨忽然开口问她："那你到底和杨树咋

023

商量的？"

没等艾叶儿回答，奶奶就直接嚷起来了："艾叶儿，回屋里去！这儿没有你说话的份儿。"

艾叶儿眼巴巴地瞅瞅妈妈，妈妈嘴唇动了动，想说啥却终究没说。艾叶儿只好乖乖地进屋去了。

疯姨这下有些恼火，气呼呼地站起来，甩给奶奶一句话："都说娘娘是个犟人，我总说不信不信，看来是我的耳朵长反了！既然娘娘不给你侄娃面子，我也就不费这不值钱的唾沫了！"说完掉头就出了院门。

妈妈随后赶去把门关了，用绳子拴好在窗棂上，回来问奶奶："妈，你不是昨晚上说好同意两个娃娃的好事情吗？礼钱也说落到十二万元上就行了，咋今儿个又变卦了呢？把她姨姨也给得罪了。"

奶奶抻长脖子往院门外看了一会儿，一直看到疯姨从她家地头走到杨世清家地头，跳下一道土坎再上到公路上，才回头给艾叶儿的妈妈说："不是我变卦了，我是不想这个疯女人来当这个媒人。我们家虽然穷，但穷也要有骨气，像疯姨这种没骨气有歹心的女人，她不配登我家的门！叫艾叶儿给杨家的儿子去说，让他爸另请媒人！"

躲在屋里的艾叶儿才算明白了，奶奶是瞧不上疯姨的为人。也是，疯姨这些年给人做媒，虽然成就过不少婚事，却也没少坑人。常有人家等媳妇过了门,说起当初请媒婆谢媒婆的曲折,才知道疯姨不仅得了男家的好处,竟还瞒着女家多拿过彩礼的长头;还有明明是谈不拢的婚事,疯姨还是要不辞辛苦跑上好几趟,虽然最终无果,但男方家给她的跑路钱可是一分都不能少。

奶奶气咻咻地给艾叶儿和妈妈说了一桩旧事:那年,村后成化公路出了大车祸,一辆中巴车从几十米高的土坡上翻滚下来,车上的蔬菜瓜果大包小包滚得满坡都是。架在车顶上的十多头小猪,呼啦啦从撕破的网兜中跌落,活下来的几头惊叫着顺坡狂奔。十多个乘客当场丧生,另外二十多人不同程度受了伤。一村子人听到消息,都跑去帮忙抬伤员。自然也有去看热闹的,疯姨就是其中的一个。她到坡上去一看,几头小猪正没命地奔逃,她想捉一头哩,又没有拿背篼,急忙忙回家背了背篼赶去,现场却已经戒严了。气得疯姨转回家见人就说,运气不好,早知道就徒手抓一头回来。奶奶说这话传到她的耳朵里,她就再也不搭理这个本家侄媳妇了,即便遇见了躲不过时,也给人家黑着个脸。奶奶这么骂她:"贪财好利的小人鬼,心眼太黑了,人命都比不上个猪崽子,这天杀的毒妇人家!"

听奶奶的口气,还真动了气。艾叶儿就不敢再说啥了,她和妈妈一样怕奶奶。除了怕,她对奶奶还有点烦,烦老人家说话的语气,以及言语中总是夹枪带棒的习惯。在艾叶儿眼里,奶奶好强,一点都没有妈妈可亲。平常和妈妈一起出门,遇到村上人，人家都会主动和她们打招呼。要是和奶奶走一起，那情景可就不一样了，即便奶奶主动去招呼人家，也还总有人爱搭不理的。

因此艾叶儿就不喜欢和奶奶一起出门了，在家也不愿跟奶奶多说话。疯姨来过之后的这个夜晚，艾叶儿虽然有很多心里话想说出来，说给妈妈听，但有奶奶在跟前，她就只好心痒痒地忍着不说，就这样度过了一个无所事事的夜晚。半夜里睡不着，她悄悄爬起来给杨树发了条微信：树，今天事情不顺利，奶奶又变卦了，说是要你们家重新搬媒人来，奶奶她信不过冯姨的人品。

拿着手机等了半晌，也没见杨树回信，艾叶儿有点幽怨。心想自己也太多情了，人家杨树这会儿不定睡得正香呢，晚间疯姨一定把奶奶说过的话转告他了，也没见他给自己发个信问一声。只有自己，还惦记杨树，怕他也睡不着受煎熬，谁知道人家才不觉得煎熬呢。这么一想，艾叶儿有点赌气似的拿被子蒙了头，告诉自己从明儿再不主动联系这没良心的了，竟然很快就睡着了。

可是第二天起来，艾叶儿还是忍不住翻看手机，看到杨树大清早回了信：叶儿，没事的。别担心，就依奶奶的意思，大不了我再请媒人。没有啥事能难倒你的大树！亲爱的，等我的好消息。接着几分钟后，又跟了一条消息：叶儿，我有了最合适的媒人了,等我一会儿亲自去请他。亲爱的,你就等我的好消息吧!后面还缀着一连串"亲亲"的表情。

艾叶儿懒懒地合上手机,并没有立刻回复杨树,她骄傲的心告诉自己,要矜持,一定要矜持,否则杨树就会把自己看轻的。直到上午十一点之后,快要做午饭的时候,她才带着满满的嗔怪给杨树发去一串表情——胖乎乎、憨态可掬的"猪头"。一想到杨树看见后皱眉撇嘴的样子,艾叶儿这才真正开心起来。

三

一晃,端午节就快到了。一春雨水多,入了夏阳光又好,杨家沟一道沟的芦苇长成了林,可惜没有人去摘了进城卖,眼看着都快长老了。前些年可不是这样,杨家沟的芦苇是村里勤快人家的一笔好收入,端午节前后摘下芦苇叶子到镇上或者城里去卖,保准能换几袋化肥回来。当地人端午包粽子就用芦苇叶子,家家户户几乎都要包几十个甚至上百个粽子。芦苇叶子也分产地,城里人都知道,杨家沟的芦苇叶子又宽又长,放锅里一煮,翠绿变成黄绿,柔韧无比,两张叶子叠一起包个清香诱人的大粽子,胃口小一点的人一顿吃不完。

这几年村里外出务工的人多,都去外面挣大钱,很少有人看上摘芦苇叶子卖钱的营生。就连秋季里割芦苇破篾条编苇席,竟然都成了非物质文化遗产项目,要政府补贴才有人愿意干这个活儿,以便把编苇席的手工技艺传承下去。

艾叶儿家没有人出去务工,奶奶和妈妈一年里也就把摘芦苇叶子还当回事,好歹能补贴点家用。这天一大早,艾叶儿就被妈妈喊起来去摘芦苇叶,沟边上草深露重,艾叶儿光脚穿的凉鞋,被露水一湿,走路尽打滑,几个来回就把凉鞋的鞋襻儿扯断了。艾叶儿索性甩掉鞋子,赤脚站在沟渠边上摘芦苇叶子。正摘得起劲,听到有人问候她们娘儿俩,原来是杨树,这么早不知要到哪儿去,站在对面沟渠边上冲着艾叶儿和妈妈笑。妈妈回问杨树这么早干啥去,杨树说要进趟城,木耳的外包装没有了,需要进城定制。说完就用眼睛盯着艾叶儿的光脚看,艾叶儿被看得不好意思了,嗔怪道:"进城还不说赶紧些,老盯着人家看啥嘛。"

杨树鼓足勇气给妈妈说:"阿姨,我今儿个进城想给艾叶儿买双鞋,请你和奶奶别拦着艾叶儿好不好?这都快两年了,我还给艾叶儿啥都没买过哩。"

原来杨树是看到艾叶儿赤着脚,心疼了。妈妈心头一热,一时半会儿没说话,等说出来却还是拒绝,妈妈告诉杨树:"这孩子,你的心意我们领了,你俩的事情还八字没一撇哩,艾叶儿就不能穿你买的衣裳和鞋袜。我们村里是有规矩的,女娃子成了谁家人,才能吃谁家饭,穿谁家衣,不信你回家问问你爸就知道了。"怎么随口就说到杨树他爸,艾叶儿的妈妈觉得自己脸都红了,好在芦苇林又高又密,她藏在里面只能听见声音却看不到整个人。

杨树只好怏怏地走了,没走几步,艾叶儿的手机嘀了一声,因为两只手都被芦苇叶子占着,艾叶儿就没有取出手机查看。但她知道是杨树给自己在微信上说了句话,她还知道一定是句暖心的话,于是当她再次将手伸向长长的芦苇叶子时,感觉自己就像是在跳舞。那些在晨风中沙沙作响的芦苇叶子,就是她延伸出去的长胳臂,就连附近树上一迭声鸣叫不息的旋黄鸟,今天听来也格外悦耳动听,就像专门为艾叶儿这一刻的舞蹈前来伴奏一样。

天渐渐热起来,艾叶儿被芦苇叶子划伤的脖颈,因为出汗蛰蛰的不舒服。她不知道妈妈耐力咋就那么好、能忍受,明明裸露着的胳膊、手腕和脖颈上那么多的红痕都浸在露水和汗水中,可妈妈却连吭都不吭一声,只管一门心思拣最好的芦苇叶子摘个不停,直到面前的背篼满到不能再满才停了手。

日上三竿,艾叶儿和妈妈一人背了一大背篼芦苇叶子回了家,没想到家里来了好几个陌生人,正和奶奶攀谈。一行人里面有个白白净净的女子,妈妈认识,就是那天陪着郭队长来看过她们家宅基地的那个和自己同龄的女干部。可是艾叶儿并不认识,这就是村支书赵飞替她和杨树请来的"红娘",给他俩保大媒的扶贫干部小于。看到小于装作漫不经心地观察自己，艾叶儿就有点难为情，但她觉得这个女干部很和善，于是就拿了一个小凳子过去给她坐。小于也没客气，接过来找个角落坐下，然后示意艾叶儿也坐到自己跟前来，两个人这就说上了话。

一行人中的老齐乐呵呵地告诉奶奶和妈妈，今天专门带了泥瓦匠帮她们家的房子补漏，眼看雨季快到了，不能让她们一家子再过个天上下大雨屋里下小雨的伏天。另外，乡政府还给艾叶儿的妈妈安排了个公益性岗位，每月有五百元补助，用于维持日常的生产生活。奶奶没听懂，以为政府平白无故要给自己发钱，立刻就表示反对，气咻咻地说："我祖孙三代不是叫花子，不要国家的钱，那钱我花了，人家就会说我没本事，在世上来就是讨饭吃的。一九六〇年没有饿死我，男人死了也没有饿死我，儿子不管我把我撂世上了，还不照样活过来了，看我如今还不活得跟人一样？反正我不会要国家可怜我的钱。"

老齐被艾叶儿奶奶的几句话说愣了，他还真没想到这家人活得如此自尊，扶贫这几年，哪见过像老婆子这样硬气的人？哪一家不是只嫌政府补贴少？哪一家又不是紧盯着别家是不是比自己多沾了国家的光？叹一口气，老齐收起笑脸，认认真真给老人家解释了半天什么叫"公益性岗位"，就是说政府需要招一个长期打扫固定路段的清洁工，就像以前厂子里招工人一样，只要按照政府的安排完成了任务，一个月就可以领到五百元工资。老齐强调说:"为啥要把你家儿媳妇招上呢,就是看中她干活儿踏实认真,不会干一阵子就跑出去打工,是个比较理想的长期临时工,这不是政府的救济或者施舍,是要拿自己的劳动换来的一份报酬。"

听老齐这么一说,奶奶这才有了笑脸,感动地跟老齐说:"政府想得就是周到,你也想得周到,你们大家都周到。既然今天把这么好的事情落实到我屋里了,我也有个穷心的,艾叶儿,赶紧搅面糊去,叫你妈妈赶紧给干部们摊煎饼吃,我前天才挖的新洋芋,多炒些给干部们卷煎饼吃……"

老齐告诉奶奶,他们不在这儿吃饭,队里有规定,驻村队员有自己的工作点,工作点上给他们配备有做饭的东西,等会儿回去自己做了吃。今天在这里,只要给帮忙修补房子的两个工匠把饭做上就行了。奶奶看留不住老齐他们,就亲自跑去厨房给老齐装了一网兜洋芋,让拎回去做饭用。

艾叶儿的妈妈看着靠墙立着的两背箧芦苇叶子发了愁,小声给奶奶嘀咕说,没想到今天收拾房顶,早知道不去摘它了,这要是捂到明天再去卖,只怕绿叶子就都成了黄叶子。老齐一听就发话:"愁啥哩,有啥愁的!打你们娘儿俩一进门,我就给你这两背箧芦苇叶子打好了主意,咱们现场就卖,卖给咱们帮扶队和工作组的人,这么新鲜的芦苇叶子上哪儿找去?回城里买来的哪有这现摘的新鲜嘛,来,有没有秤,拿出来先给我

031

称十斤,我回去送人。"看到艾叶儿的妈妈去找秤,老齐又问:"谁知道今年芦苇叶子啥价钱?城里卖多少我们就给你出多少,咋都不能让你们吃亏的!"

有人说城里今年一斤四元钱左右,和去年差不多。艾叶儿的妈妈不作声,正准备给老齐称秤,奶奶给妈妈说:"不能四块钱卖,三块五就行了,在屋里卖和城里卖不能一个价,这当中省了你坐车的钱,还省了你进城的工夫,都要给人家让出来哩。"

就这样,他十斤,你五斤,还有人给亲戚朋友打电话问要不要代购,都说这芦苇叶子不错。呼啦啦一会儿工夫,两背篼芦苇叶子就地卖成了现钱。艾叶儿在心里粗略一算,竟然收入近两百元。最后剩余的几斤,由奶奶做主托老齐带给工作队的郭队长和村支书赵飞。奶奶说老齐领来的干部这么有情有义,还不都是队长和支书带头带得好,哪像前些年,没有工作队和外面来的支部书记的时候,村里的干部一个个都是土皇上,光知道往自己衣裳襟襟里搂好处,谁还管老百姓的死活呢!

老齐一行从艾叶儿家出来的时候,小于和艾叶儿已经很熟络了,相互加了微信。以小于的情商,引导一个涉世未深的女孩子和自己交朋友那简直太简单了,她只用一席诚恳的、将心比心的感人话语,就轻易取得了艾叶儿的信任。再加上今天老齐跟奶奶的交流那么顺畅融洽,奶奶和妈妈流露出从未有过的愉快和高兴，都让艾叶儿相信，她们家这一阵子遇到的都是好人，都是跟杨树一样爱自己爱这一家人的好人。

那天还不到晚饭时候，两个工匠就把艾叶儿家屋顶上的十几处漏洞给补好了，妈妈一直跑前跑后给在屋顶上工作的人提水泥灰，这就加快了进度。奶奶高兴得跟啥一样，搓着手说太感谢了，真是太感谢了，今儿个真是好日子，芦苇叶子换了钱正好给人家工匠钱，要是平常，就又得给人家欠着，等哪儿鼓捣下现钱了才还债。可是那天收拾屋顶的工匠说这回的工钱全部记在村委会的账上，将来和修建文化广场的费用一起结算。奶奶这又警惕起来，仍然说自己是不会占公家便宜的，后来了解到就连村上的文化广场也是公家投资修建，供全村人使用的，还不就是一村子人都占了公家的便宜，这才难为情地不再坚持给工匠付钱。

奶奶那晚上睡不着，翻来覆去就是没瞌睡，仿佛屋顶漏不下星光她还不习惯了似的。以往睡下，灯一关，屋顶里渐渐就挤进来些模糊的光亮，有时候是月光，有时候是星光，更多时候是屋后公路上的太阳能路灯的光。路灯从晚饭后亮起，要一直亮到第二天早上七点才灭，奶奶早已习惯在模糊的光亮中睡觉，这一下子把屋外的光线都遮挡住了，奶奶感到夜忽然变得漆黑，那种自己年轻时守寡受罪，拉扯孩子熬日子的记忆忽然又活了过来。睡不着就容易起夜解手，奶奶毕竟上了年岁，还不到后半夜就爬起来三四回。艾叶儿和她妈妈在屋子另一头的炕上听到奶奶的动静，问奶奶是不是哪儿不舒服，奶奶闷声闷气地说："心里不舒服。"艾叶儿赶紧起床去看，奶奶却又怪她把炕烧得太热，说艾叶儿要把奶奶烙成熟饼子。从奶奶的神情和语气中，艾叶儿看出来奶奶确实是心里不舒服，但为啥不舒服她又不敢问。

给奶奶倒了杯水放在炕头上，自己回去躺下，艾叶儿也就睡不着了。她想起杨树，不知道他这会儿是不是已经睡熟了，她还想把白天发生的事情全部告诉杨树，想和他分享自己一整天都非常愉悦的心情。但是最终，她还是没有敢去炕头的小桌子上拿手机，她听到奶奶一直醒着，还自言自语地嘟囔："都说人老有三贵……爱钱怕死没瞌睡……我这个死老婆子不爱钱不怕死……就是没瞌睡……"

断断续续地，奶奶一个人嘟嘟囔囔，艾叶儿似睡非睡，只有妈妈一天活儿干乏了，轻轻地打着鼾。睡不着的奶奶心里装着事，艾叶儿和杨树的亲事是她心里最大最放不下的事。对于这两个孩子，奶奶是打心眼里看好。别看她们家很少和村里人来往，可土坎下老杨家的为人，奶奶年轻时就知道得一清二楚，人家过日子那是一点都不含糊，就是个实诚厚道的庄稼汉，种地做生意都不哄骗人，要不咋会这几年就干下让人眼红的家业。至于后来闹僵了关系，奶奶也是万不得已，不是说寡妇门前是非多嘛，自己从年轻时守寡，到儿媳妇还是年纪轻轻守寡，奶奶心里没有好受过一天。也全凭她性子刚强，硬是不说一句软话，拉着磨着也就把这个没有男人的家给撑持下来了。可是这两年，奶奶明显感觉自己老了，怕是撑不了几天的样子，她的心病就是给艾叶儿找个合心意的女婿，最好是能招赘上门，奶奶和妈妈以后就有人给养老送终。可是艾叶儿这孩子，等她知道时已经跟杨树好上了。一开始奶奶是又喜又忧，喜的是杨树是个好娃，是人品家业都配得上艾叶儿的好人才；忧的是万一老杨还记着当年自己骂人家的话，要反对这一对娃娃的事情。何况老杨家就杨树一个儿子，招赘是不可能的，那就只得把艾叶儿嫁出去。这些个事情就成了奶奶心上的疙瘩。

媒婆疯姨登了几回门，奶奶心里的疙瘩才稍微解开了些。据媒婆传的话说，杨家并不反对杨树和艾叶儿的亲事。关于招婿还是嫁女，老杨也说得好，两家子上下隔着个土坎，低头不见抬头见的近邻居，就算把艾叶儿嫁过去还不是跟在自己家里一样，只要奶奶站在院边上喊一声，艾叶儿就能听得见。

话说到这个份儿上，奶奶还是半喜半忧。这回忧的是怕艾叶儿嫁过去不值钱，就狮子大张口要了一笔巨额彩礼，其实奶奶心里盘算的是，先把彩礼要到手，到时候还照样会作为陪嫁贴到姑娘身上的。这样既显得自家姑娘金贵，又不会落个贪财好利的名声。可是这老杨也是倔，几次三番地就是要求降彩礼。奶奶觉得这一降下来，自己就先跌了份儿。可要是真像自己说的一分都不少,又怕夜长梦多,老杨家退后了。何况杨树那娃娃能干着哩,听说倒发媒提亲的也不少。奶奶有点后悔当初要彩礼口张得太大,早知道就要上十二万好了,给上八万十万都能行,反正早晚要陪给艾叶儿,还不是杨家的。唉!

奶奶黑夜里一声重重的叹气,把妈妈给惊醒过来,问道:"妈,你还是不舒服吗?我起来给你倒水喝个啥药?"

"我没事。我就是想起艾叶儿和杨树的事情,心里烦躁。"奶奶慢吞吞地说。

"烦啥哩,你不是说让杨家另请媒人吗?艾叶儿那会子给说了,杨树请了村上的赵支书,赵支书又请了现在包我们家的于干部,就是那个女干部,她今天给艾叶儿都说了,拣个好日子他俩上门给杨树和艾叶儿保媒哩。"

……

"妈,彩礼咱们还是少一点吧,十二万就十二万,要不等人家新请的媒人上门来,你老人家不松口,话还就不好说了。妈,你说呢?"

……

"再说了,女大不中留,艾叶儿能找个杨树,也是她自己的福分,我能看出来,杨树那孩子是真疼咱家艾叶儿。今儿一早在芦苇林边上,杨树看艾叶儿光脚没穿鞋,还说要给艾叶儿买鞋哩,我就说八字没一撇哩,还不敢穿人杨家的衣服鞋袜……"

　　停了一会儿，妈妈听奶奶那边没动静，接着又说："妈，就看在艾叶儿从小没她爸的分儿上，看在这孩子听话懂事的分儿上，你老人家就松个口，让艾叶儿早点嫁过去享杨家的福去。姑娘大了，我也给娃没本事买几件好衣裳穿，这几年全靠高速路上赔下的几个补偿款才凑合过来了，要再不给娃寻出路，咱家还真要亏待这么好的娃了。"

　　奶奶终于在屋子那头的黑地里朝着妈妈说："你看你说的这啥话！你养的娃你心疼，我就不心疼？我为啥不松口，要害娃哩？我还巴不得好事情早点成了，还巴不得能在咽气之前听到重孙娃喊我太婆哩。"

　　"那就人家再来了，咱家就把彩礼少到十二万？一口答应了就行了？"

　　"好！好！好！"奶奶重重地说了三个好，又补充道，"以后艾叶儿和杨树的事情你说了算，也不亏你抓养了一趟娃，只要娃高兴，只要你高兴，你们莫管我。我老了，莫嫌弃我就好得很。"

　　妈妈吃不准奶奶这是气话还是真话，悄悄的不敢吱声了。黑地里一翻身压着了艾叶儿的长头发，艾叶儿疼得一声叫唤，妈妈才知道，艾叶儿醒着呢，奶奶和她说的话，艾叶儿全都听到了。

037

四

　　杨树比艾叶儿大四岁，虽说两家离得近，但从小还真没有一起玩过。就因为马玉琴把孩子管得严，轻易不许出院门，艾叶儿几乎是在单庄独户的封闭院落里长大的，即便念了几年书，都是妈妈接来送去，极少有自己上下学的时候。艾叶儿初中毕业没考上高中，就待家里跟奶奶和母亲一起做家务学过日子，但这丝毫不妨碍艾叶儿长成个漂亮的大姑娘。一上十七岁，艾叶儿就忽然变了个人似的，出落得高挑红润，头发和眼睛黑得发亮，一口整齐的白牙，只是皮肤略略黑一点。清早洗过脸，艾叶儿喜欢用长指甲从化妆瓶里挑一丁点粉底液，在掌心研开，再用右手的三根长指头轻轻在面上拍匀，镜子里的艾叶儿就跟城里姑娘一样白净芬芳。因此，艾叶儿最喜欢自己的时候就是每天大清早梳洗之后。

　　记得两年前初夏的一个大清早，艾叶儿出门给奶奶买药。奶奶受了凉发烧不想吃饭，妈妈让艾叶儿去村上的卫生室给奶奶买点消食退烧的药。出院门下土坎刚到公路边，艾叶儿迎头碰见杨树，照奶奶平日所教，艾叶儿一看见杨树就低下了头。奶奶从小告诉她，看见男人家就低头绕着走，不许盯着人家的脸看！艾叶儿别的没记下，就这一条记得最清楚，尤其是近两年自觉是个漂亮姑娘之后，奶奶这句叮嘱就记得越发牢实。

可正是艾叶儿这副羞怯的神态，一下子就打动了杨树，他在那一刻就决定，一定要把邻居家这个漂亮姑娘娶回家做老婆。杨树不是没见过世面的小伙子，这几年搞种植做生意，打交道的人多着呢，愿意和自己接近的姑娘更多。可是杨树还从来没见过一个姑娘见了他会低头，会不自在，这可真是一种不一样的感受。在杨树的印象中，哪一次见到的外边的姑娘不是一个个大大咧咧、咋咋呼呼的！就算遇到个稍有点羞怯的姑娘，那也是因为胆小，跟人不熟，一旦熟络起来，照样疯起来没够。或者也有娇滴滴脆生生说话的，可那份羞怯一看就是装出来的，姑娘们眼神里的火辣和执着，常常令杨树感到不自在。

　　但是今天实在不同。杨树不是不知道土坎上边那家有个姑娘叫艾叶儿，可是长这么大，见面的次数并不多。再说这几年自己忙，不是窝在自家的菌棚里，就是奔波在买卖的半道上，几乎就没有遇到过这个邻家姑娘，谁知一眨眼，人家就长大了，还长得一枝花似的。最要紧的是这枝花就像清晨杨家沟边上带着露珠新开的马兰花，说娇气吧还不是太娇气，却有些贵重的东西在花里头，只是自己一下子说不清楚。杨树还真想不出来怎样才能形容站在自己面前的艾叶儿，他只是不由自主热切地多看了她几眼。这让艾叶儿越发难为情，头低到胸前，侧着身子从他跟前过去上了公路。直到走过去很远，杨树才回过神来，他有种恍惚的感觉，刚才从他身边过去的不是一个姑娘，而是一朵花瓣儿透明的紫色马兰花,带点微苦的香味。同时他突发奇想,如果艾叶儿穿上紫色的连衣裙,不知道得有多美!

这么失神地瞎想了一阵子,买了药的艾叶儿就又返回来。两个人快要面对面的时候,杨树故意大声问艾叶儿:"买药去了吗?给谁买的?家里谁不俏千?"俏千,是当地方言,不舒服不熨帖的意思。

艾叶儿的奶奶最爱说俏千不俏千的话,艾叶儿早就听得烂熟。她只以为这是老年人才会说的老话,这会子听杨树也会说,爱笑的她实在忍不住就抿着嘴笑了,然后低着头回答杨树:"是我奶奶,发热了,不吃饭……"

杨树看一眼艾叶儿手里拿着的消食片和克感敏,说:"药倒是对的,只怕老年人吃了克感敏伤胃,还容易冒虚汗,就越发吃不下饭了。不如你在这儿等着,我回家给你奶奶拿点不伤胃又能治感冒的中药,吃上保管好得快。"没等艾叶儿答应,杨树就飞快地跑下公路,往自己家去了。

艾叶儿本不想接受杨树的热心,她生怕奶奶骂自己,却鬼使神差地在往自家去的土坎旁停了脚步,朝下张望了一眼,就看见杨树又飞快地朝自己跑来。气喘吁吁的杨树把手里拿的一盒药硬塞到艾叶儿手里,叮嘱说让回去给她奶奶吃上,克感敏就不要吃了。想到出门前奶奶趴在炕上哼哼唧唧难受的模样,艾叶儿犹犹豫豫拿上了杨树给的一盒藿香正气胶囊。低声说了谢谢，依然低着头快步回了家。杨树在后面看着她进了那扇柴门，这才掉头去干自己的事情。后来他告诉艾叶儿，那天他的心情比任何时候都好，运气也比任何时候都好，那天出门卖香菇，赚了一大笔银子。当然这都是后话。

艾叶儿的奶奶吃了杨树给的药，到后半天就感觉轻松多了。起身坐在炕沿上，奶奶问艾叶儿："今儿个你给我买的药对症，吃上好，见效快，把药名字记下，下回发烧还吃它。"艾叶儿莫名心慌地告诉奶奶药名，又莫名心慌地看了奶奶几眼，直到确认奶奶并没有发现她和往日有啥不一样，这才放心地去做晚饭。艾叶儿虽然有时候烦奶奶，但同时又很佩服奶奶，在她的记忆中，似乎家里没有哪件事是能瞒过奶奶那双老花眼的。可是那天，艾叶儿和杨树说了话，还给奶奶吃了杨树给的药，却并没有被奶奶发现。艾叶儿由此竟然高兴了大半晚上，夜里烧炕的时候，她甚至在炕洞跟前轻声唱了几句歌。奶奶就发问了："艾叶儿，你今儿个在外头遇到谁了，这么高兴？"艾叶儿就不再唱歌，故作镇静地说谁都没遇见啊，就只见到村医李大夫，李大夫的药奶奶吃了好，艾叶儿高兴就唱几句嘛。

过了几天，杨树申请加了艾叶儿的微信。这让艾叶儿有点纳闷，他怎么知道自己的微信呢？自己又没告诉他！因为好奇，艾叶儿就主动问了杨树。杨树告诉她，大家不都在"千村千户"的大群上嘛，想加个微信还不简单得跟个一似的。艾叶儿就有点惭愧，觉得自己也真是太闭塞了，竟然连这个都不知道，还要傻傻地问人家。于是，杨树再发信息来，艾叶儿就不理他了。

又过了一阵子，一天，杨树给艾叶儿发来一个链接，用喜欢的颜色测试个人性格。紧接着链接后面，杨树说他猜艾叶儿喜欢的颜色一定是紫色，不深不浅的紫色，那种像马兰花瓣儿一样透明的紫色，风一吹就像扯展一角紫色的绸缎，扑棱棱还像只紫色的鸟儿……

艾叶儿就此被杨树所打动，看着杨树这段猜到自己心坎上的话，她忽然认定这个高高壮壮的男孩子就是这世上最懂她的那个人。艾叶儿从小就喜欢紫色的马兰花，由此喜欢所有紫色的东西。杨树只说对了一半，她喜欢深紫色也喜欢浅紫色，总之，只要是紫色她就喜欢。头一回跟奶奶进城买头花，她就闹着要买紫色的，但奶奶硬是给买了粉色的，拿回来戴是戴了，艾叶儿却不喜欢。而奶奶一进门就给妈妈数落她，喜欢个啥颜色不好，偏看中那乌青的死颜寡色！那回，艾叶儿直接被奶奶数落哭了，尤其奶奶说紫色是乌青的话，真的让艾叶儿很受伤。还说这么美的颜色是死颜色，是寡颜色。艾叶儿就更受不了了。那时候她刚上中学，正是不喜欢奶奶唠叨和多管闲事的时候，哭了半天，妈妈来劝她，悄悄告诉艾叶儿，妈妈以前也喜欢紫色，只是后来命不好，才相信人家说紫色是不吉利的颜色，奶奶数落也是有缘由的。艾叶儿听妈妈的话再没有生奶奶的气，但喜欢这个颜色却一直没有变，只是从那以后就再也没有说出来过。

如今有个喜欢自己的男孩子替她说出来了,艾叶儿不知道有多感动,那天对着手机屏幕,艾叶儿差点就掉了眼泪。从此,杨树和艾叶儿的感情升温,艾叶儿头一回恋爱,又遇到自己喜欢的人,整个人着了魔似的,一天到晚魂不守舍,痴呆呆盯着个手机不放。先是奶奶发现了不对劲,问艾叶儿又不说,只好催着妈妈去问到底怎么回事。趁有天和妈妈去镇上赶集,没有奶奶在场,艾叶儿给妈妈说了实话,自己喜欢上土坎下面杨家的儿子杨树了,并说他们已经在网上谈了大半年的恋爱。

妈妈先是沉默,接着就流泪了,妈妈说:"杨树那孩子好是好,只怕人家父母不同意,奶奶这一关也难过。既然艾叶儿你已经长大了,妈妈就把实情告诉你,杨树他爸当年帮我们家干活儿,还真捎带着打过妈妈的主意,其实妈妈也打心眼里喜欢过人家,只是不敢说出来,那是因为人家有儿有女有个家,妈妈不能做没脸的事情啊!可就算啥都没有,当年还是让眼明心亮的奶奶看出来了,两家人翻了脸,都说过一些不好听的话。谁知道这才过了几年,你们两个小冤家却又好上了,这可让我怎么跟奶奶说啊?!"

艾叶儿才不管妈妈怎样给奶奶说呢,她一味沉浸在幸福中,连妈妈掉眼泪都没顾上给擦一把,只管愉快地告诉妈妈:"杨树说,他就这样和我在手机上谈,要整整谈够两年,等我二十岁的时候再托人来提亲。杨树还说，从认识我的时候起，他就再不多看别的女子一眼。他还说，知道奶奶把我管得严，他登不了我家门，但只要他想我了，就会给我发信息，让我出来站在院墙跟前，他就能看到我。再说我们还可以打视频电话，天天都能见面哩。杨树还说……"

那天赶集路上，艾叶儿一股脑儿地把这大半年和杨树交往的细枝末节一一说给了妈妈听。她心里有着太多快要盛不下的甜蜜之爱，一经妈妈询问，自然就从嘴巴里满溢出来。她太需要有个人分享自己的快乐了，而这个人只能是妈妈。艾叶儿没有朋友，妈妈就是她最好最值得信赖的朋友，因此她对妈妈毫无保留，也不会因为给妈妈说自己恋爱的经过而感到难为情。

特殊的家庭结构和生长环境，使艾叶儿和妈妈比别人家的母女有着更为亲密深厚的感情，也造就了艾叶儿难能可贵的纯情，也正因为此，杨树对艾叶儿的喜欢和爱就无比坚定和执着。他认准了假如自己错过艾叶儿的话，在这世上他就再也找不到第二个如此可爱又天真的女孩子了。

在喜欢上艾叶儿之前，其实杨树已经有过两次恋爱的经验。头一回是家里介绍的别村的一个女孩子，长得也不赖，个头儿能赶上杨树那么高，两个人走在一起挺般配。杨树和女孩子接触了半年，开始也蛮喜欢，如今农村女孩子少，能有个不出去打工愿意在当地找对象嫁人的还真是稀罕，有人开玩笑说这样的女孩子金贵得就跟摩天岭上的大熊猫一样。可也因为金贵和稀罕,女孩子难免就骄傲和任性,和杨树在一起,那个女孩子就啥都要由着她,稍不如意和不顺心,就夹枪带棒给杨树一顿数落,也不管旁边有人没人,完后还要赌气三四天不理人。杨树生意忙,好不容易抽点时间和女孩相处,还动不动就惹恼了人家。几回之后,杨树变得小心翼翼,在女孩面前话也不敢多说,女孩子就又闹腾说杨树心里没有她,多余一句话都舍不得说出口,那以后还舍得把家业交给她?三番五次,杨树感觉很害怕那女孩,慢慢就疏远了,开始女孩还主动找过杨树几次,似乎变得比之前温柔了些,但杨树却时时警惕,感觉不是那么回事了,就这么说不清道不明地断了联系。

另外一个女孩子倒是比前面那个体贴温柔,杨树也喜欢过人家好一阵子,只是这个女孩性格活泼外向,为人很大方,同时和几个男孩子交往着,几个还都挺喜欢。这就有个竞争的问题,杨树努力过好长时间,一心想把女孩从另外几个对手那里拉过来。事实上也曾拉过来几回,不过都是在给女孩花了不少钱买了礼物之后。要命的是,当女孩眼里有了别的好东西,之前的礼物不再喜欢时,她的人就又游到别的男孩子跟前去了,除非杨树赶在别人前头满足了她。这是最让杨树头疼的事情,他对她一点把握都没有,在她面前,他渐渐没了自信。有一回忍不住,杨树把心里的苦恼说给母亲听,他那个做了一辈子农活儿、一心踏踏实实过日子的母亲只说了一句话：那不就是个马马蛾吗？咱们家不娶这样的媳妇，谁娶那样的媳妇就是想败家！当地人把花蝴蝶就叫作马马蛾，形容谁家的女子人花哨，不踏实，或者喜欢这儿凑凑那儿凑凑，那就只能是叫马马蛾。

杨树当时被母亲的话噎得够呛，但他也承认母亲对这个女孩子的评价很准确。后来女孩再跟杨树到家里来，母亲就再也没有给过好脸色。女孩聪明得很，不声不响就退得远远的，和别的男孩子打成一片，装出不再搭理杨树的样子。老实的杨树不明就里，只说人家主动退出，自己心里很失落，也很心疼之前花在女孩子身上数目不少的辛苦钱。有一阵子他还傻傻地想，要是女孩主动回来，他还是能接受的，不管母亲支持还是反对，娶媳妇的事情还是要他自己说了算。可是女孩子那边，因为是主动退出的，怎么样也不会主动再回来，再怎么大方的姑娘家毕竟还是要点面子。他和她就这样你等我我等你，最后都很失望，也就再没机会走到一起。

自打和艾叶儿恋爱，杨树才知道世上真的有哪儿都合自己心意的姑娘，也相信世上真的是有缘分这个东西存在。他和艾叶儿的缘分，应该说还不是这一世里才有，感觉上一世里就已经给他们定好了。要不然，为啥自己谈了几个女朋友都不成，都感到不满意？就是因为有艾叶儿在身边。虽然他之前并没有太在意这个邻家女孩，可潜意识中还是在等着人家呢！等人家长大，等人家长漂亮，等人家像马兰花一样绽放，直到杨家沟的顺河风把人家的香气送到他的鼻子里来。

杨树每每想起艾叶儿的眼睛和头发，不由得就心神荡漾，还有艾叶儿像她妈妈一样的好脾气，那么温顺，那么可人，这一切都和杨树从小在心里给自己未来媳妇画了无数次的画像相吻合。又加上俩人不能像别家的孩子处对象，可以想约就约，只能趁艾叶儿奶奶打盹的时候，他们才能偷偷地约起来，匆匆地见个面。这就让杨树格外珍惜和艾叶儿会面的机会，每次都觉得把艾叶儿软软的小手还没有拉够呢，艾叶儿就急着要回家去。不过，分开的时候，俩人可以在微信上无话不谈，像是牛郎和织女，隔着亮闪闪的银河互相打量和对望。其实他们的恋爱，更大程度上应该说是网恋，人为的距离给了他们不一样的恋爱感觉，这种感觉持久而美好，无形中增进了两个人的感情，也增加了他们恋爱的神秘。总之，在杨树心里眼里，他认定是找到自己心爱的人了，这辈子就只为这个心爱的人努力和奋斗。

五

村主任杨大毛领着县扶贫办组织的工程队往马玉琴家走，在公路上遇见杨树拉着一三轮车的干香菇，说有个外地客商专门来收干货，他这是给送货去。听说村主任领的是给艾叶儿家盖房子的工程队,杨树停下他的三轮车,给杨大毛说自己愿意给工程队去帮工,垒砖、砌墙、铺地板、刮灰膏,他啥都会。杨大毛瞪着眼睛看了杨树半天,坏笑着说:"这还没当上门女婿哩,就想跑去丈母娘家挣工钱,你好好把你的干香菇送到,再莫说哪儿都离不了个你了!饭要留一点给别人吃,你啥都会吗?让啥都不会的人咋样活哩!"

杨树告诉杨大毛,自己不是去挣工钱,一分工钱他都不要,他就是想给艾叶儿家盖房出一份力气。杨大毛看杨树说得认真,答应让他去帮工,当然不要工钱是好事情。艾叶儿家这座即将修建的新房子,是政府兜底的易地搬迁,除了两万元的建档立卡户贷款补贴,其余经费都要当地政府想办法解决。杨大毛前几天听镇长还在为这笔经费犯愁着哩。要是有人帮工不要工钱,就能省一笔人工费,也是个不小的数目呢。

这么盘算着,他们几步就来到艾叶儿家,三口人都在家。杨大毛说明来意,介绍了带来的工程队,说今天来是做个预算,下来就备料,这月底就要看日子动工。奶奶马玉琴问啥叫"兜底",杨大毛解释说就是政府把她们一家人都给管了,不要她们自己花一分钱就盖一座新房,以后脱贫不脱政策,照样有国家养活。害怕老人家听不清,杨大毛提高声音说:"一兜底,您老人家就再不用操心家里的吃穿用度了,只管在暖炕上当您的老寿星,以后的生活,政府都会给您安排好的。你这是跌进福窖里来了,赶紧感谢政府感谢党还都来不及哩。"

杨大毛自以为说得再清楚不过的话,却一下子惹恼了马玉琴。这个要强了一辈子的女人,最害怕听到的就是这种居高临下对自己表示怜悯的话,何况杨大毛当了多年社长,村里的便宜占了个没够,谁都想着换届给换下来哩,人家给驻村的副镇长送了几桶清油就把主任当上了,这村里有谁不知道?在马玉琴眼里,杨大毛就是她半只眼睛都看不上的人,今天还在她面前指手画脚来了,听他说感谢政府感谢党,那不明摆着是要让她感谢他这个主任嘛!

奶奶阴着脸,沉声给杨大毛说:"我今儿个把话给你说清楚,这个兜底我不要!谁认为那是福分谁要了去,我没一点意见!我一家子人有手有脚,年成不好的时候都度过来了,何况现在就不是能饿死人的世道。话说回来,就算饿死了,那也是我的命,与别人无关!你要是觉着这个兜底好,就把你们一家兜了去,反正我不是叫花子,我不要国家养活我!"

杨大毛被马玉琴气得嗓子眼冒烟,但终究忍着没有发作。他知道这个老婆子难缠,但没想到这么不好说话。好处人人都爱,不花一分钱就能盖一座房这么大的好事情,放谁头上谁不爱?偏这死老婆子不领情,听她说话那口气,还想揭他这个主任的老底哩。杨大毛想了想,也没有再多说啥,黑着脸把刚从宅基地请回来的工程队又领走了。

回到村委会，杨大毛开口就骂马玉琴不识好歹，被支书赵飞和郭队长劝住了。正好县里牛县长前来督查杨家沟的脱贫攻坚工作，村干部和扶贫队员集中在村委会开了个短会，给县长汇报了下工作。会上提到马玉琴家易地搬迁至今不能落实的情况，牛县长问，这样的情况有多少？关于易地搬迁的实际操作，村里还遇到过哪些问题？

支书赵飞拿出他的记事本，逐一给县长做了汇报。最后总结道："农村有几类人住危房，但不愿意改建，一是年龄四十五岁左右未成家的人，对生活没有希望，不愿改建；二是子女已成年且外出务工，家中只剩老人住危房，子女不愿出资在老家改建房子，老人想借助政策支持改建，但又没有资金改建房子；第三种情况就是子女年幼，住危房的人不愿改建，原因是想等子女成家时一次性建新房。"

"但是，杨主任刚才说的马玉琴家，却不属于这三类情况，她们家是因为自尊，宁可住危房，也不愿意接受政府的兜底保障，始终不肯配合我们的工作。之前已经做过好几次工作，但都没有说服对方，我们正在想别的办法解决。"赵飞合上记事本之后，给牛县长又补充介绍了一下马玉琴家的现状。

牛县长听到赵飞总结的不愿改建危旧房屋的三类人，认为工作做得细，做得扎实，但还要继续想办法做工作，动员这三类人尽早搬离危房；而马玉琴家，赵飞说是因为自尊，牛县长多少有些不相信，他说今天时间紧，要不就亲自去了解一下了。不过这个事情他记下了，要求村委班子和驻村帮扶队员无论如何要想尽一切办法，必须让马玉琴家在十月底验收之前住进新房子。否则，县上将会对所有与此有关的工作人员进行严肃处理。

坐在会议室一角的小于感到这个牛县长多少有点官僚气，动不动就拿处理人来要挟，真是不知道基层工作人员的辛苦啊；但同时，小于从县长的训话里找到了去说服马玉琴的理由——如果马玉琴不肯接受政府的帮助，那就是存心想让他们受处分。这样一想，小于忽然一个人悄悄地笑了，她决定晚上就去艾叶儿家，一来说合杨树和艾叶儿的婚事，二来试着给艾叶儿的奶奶做点工作。

夜里入户，小于一个人不敢去，她约了赵飞一起去艾叶儿家。下了公路往艾叶儿家走的两道土坎，黑咕隆咚啥也看不见，小于穿着高跟鞋几乎是跌跌撞撞扑到了艾叶儿家的柴门上。狗一叫，艾叶儿的妈妈跑出来给他们开了门，问："这么晚了，你们不睡觉啊，还有啥工作没干完吗？"

小于告诉艾叶儿的妈妈，晚上来没有啥工作，就是找艾叶儿聊会天，也是来看望一下奶奶，说着拿出她在村委会旁边小卖铺买的一箱牛奶，说是专门给奶奶买的。

已经睡倒在炕头的奶奶闻声赶快爬了起来，自打上次夜里和媳妇谈过杨树家新请媒人的话，奶奶这一阵就天天盼着新媒

051

人登门，但嘴里一回都没有说。奶奶一直在心里嘀咕：果真应了老话，养女儿的人家盼媒人；还应了另外一句话，皇上家的女儿也愁嫁。至于媳妇那晚上说女大不中留，奶奶早就明白这个理儿，谁还没从大姑娘时候过来呢？女儿家一旦心里藏了人，也就不把娘家当自家了。这些日子里，艾叶儿魂不守舍的样子，奶奶看见了是又爱又恨，不过奶奶照样没有流露出来过。奶奶在这些事情上是个有城府的人。

  日盼夜盼，没想到今儿晚上把想见的人盼来了，奶奶反倒不知道怎么样才好，就算早就有过打算，但心里依然没底。奶奶头一回对家里的事情没了主意。想起上次自己说过的话：一切由艾叶儿的妈妈做主，心里才松了口气，连忙坐在炕头招呼客人坐下，让艾叶儿赶紧给客人倒水，说是柜子里有红糖，让多放点，现在的红糖没有以前的甜。

  其实奶奶在安排这些的时候，艾叶儿早就给小于和赵飞各倒了杯白开水，她没有给水里加糖。据说城里人如今都不敢多吃糖，说是生活太好，再喝糖水会得糖尿病。可是奶奶不知道，还以为糖水是招待客人的好东西。好在奶奶今晚好像没心思注意这些，要放在往常，一看艾叶儿没有照她说的办，奶奶就会亲自下炕找来红糖给客人加到杯子里。

  小于喝了口水，抬头看看赵飞，发现赵飞也正在期许地看着她。两人交换了个眼神，小于看懂赵飞是示意她开口，于是朝着炕头的老人叫了声："阿姨！"

奶奶没有反应。小于看到艾叶儿的奶奶只管把眼睛朝支书赵飞看，好像没听见自己叫阿姨的声音，小于有点尴尬，后面的话也一时不知咋样说才好了。其实奶奶是真的没听到小于叫她，奶奶一门心思盯着赵飞看，是觉得这个年轻人咋就那么攒劲，看上去比艾叶儿大不了几岁，就能在村上当支书，还能管得住一村子各有心病的百姓。奶奶想，杨树这娃也是个有心眼的，会看人，请了这个攒劲娃娃来说媒，虽说没成家的媒人说话不牢，但到底人家是支书，占着个当官的位子哩。再说还有这个面目和善，一开口就有笑模样的女干部，咱艾叶儿能被他们牵线许给杨树，也算我死老婆子一辈子没亏过人积攒来的福分哩。

奶奶这么想着，目光就又转到小于身上，小于赶忙又喊了声阿姨，奶奶这回反应很快，笑着跟小于说："干部咋那么有心的呢！黑天半夜来看我，这我咋受得住哩。自个儿不能干，生活过不上手，就光给干部寻麻烦，唉，我这心里过意不去啊。"

听艾叶儿的奶奶这口气，也不是多不好说话的人，最起码知道人的好歹，也知道自个儿的生活要自个儿过——小于这么一想，心里的主意就更坚定了。她直奔主题，先说盖房子的事情。小于来时就一路在心里盘算，哪件事放在前面说比较好？这会儿分析了一下，艾叶儿和杨树的事情听说已经三番五次还没有眉目，不见得自己来一回就能说得通，而盖房子的事情迫在眉睫，不一下子把马玉琴的思想说通，他们的工作就开展不下去，再怎么说也得先考虑公事才是正理。

一开始，奶奶还是说给村主任杨大毛的那句话：她们家不接受兜底政策，有手有脚还要被政府养活，实在是太难听了。不过奶奶在给小于说的时候，语气没有白天那么激烈，小于就有机会苦口婆心尽力相劝。小于这么给马玉琴说："阿姨，我太理解您的心情了！人就是要这样在世上有骨气地活着。您这个观点，让我想起小时候我们村子里的一个老奶奶，她孤苦伶仃一个人生活，村上——那时候叫大队——说是要把老奶奶确定为五保户，老人家就不接受。有一回，村里的女老师给老人说了句'把你五保了多好，看你一个人冬天连根多余的烧炕柴都没有，这一五保，不就省下你遭罪'的话被老人家几句话噎了回去。后来老人家就硬是一个人撑到底，硬是没给国家添负担，我们村一村子人都敬服老人家。"

小于这么一说，奶奶听得眼睛都亮了："我还以为世上再没有跟我一样的人了，这你们村里的老年人，不就是我的亲姊妹？看人家活得多硬气，人就是要硬硬邦邦在世上走一回才不冤枉。"

"阿姨，现在跟以前不一样了，我说的那个老奶奶，情况跟你们家也还是有区别的。当时老奶奶是一个人，她无牵无挂，硬气是她一个人硬气,受罪还是她一个人受罪。其实后来老人家有病不能动直到去世,还是左邻右舍和大队里帮忙侍候和安葬的,到底一个人总有许多不周全。阿姨,你们家还确实和人家家不一样。不说别的,您老人家总还得为艾叶儿和她妈妈想吧？您老人家早些年吃过苦,也能受下罪,可艾叶儿能生在这个好时代,就没有要受罪的理由啊。您说是不是呢,阿姨？"

小于一口一个阿姨,喊得奶奶心里热乎乎的,看着眼前这个长相文静说话斯文的女干部,奶奶忽然不好意思把自己向来说话的那个劲使出来了,就是说几句平日里那样逞强的过嘴瘾的话,奶奶都觉得怎么一时间张不开口。听这女干部提到自己早些年吃苦受罪的日子,艾叶儿的奶奶就有了想哭的感觉。多年不与外人打交道,心气高自顾自地生活,原本打算就这样过下去的,如今让一个非亲非故的人如此怜惜,奶奶想想就喉头发哽,越发说不出话来。

小于看奶奶的神情,知道自己的话对老人家多少有了触动,初来时心里那点忐忑减去不少。她接着说:"阿姨,还有您不知道的事呢。这回给你们家盖新房子,是县里的决定,还不由乡上说了算。县长今天来乡上,明确给乡党委书记和村支书村主任都交代了,说是如果在今年扶贫验收期内,也就是国庆节前后,你们家还住不上新房子,那县上就会处理乡上和村上的干部。阿姨,您老人家一辈子不爱麻烦别人,但这个事要是您

055

不好好配合我们,可就给乡上和村上的干部惹来大麻烦了。这一定不是您愿意看到的,对吧?"

小于的话让奶奶感到惊奇,怎么,她一个一辈子都没进过几回城的农民,咋还会惊动了县长来管她们家的事?这不是用大话来吓唬她吧?

"于干部,你说的是真的吗?千万莫吓唬我一个死老婆子!我没见过世面,你这一说还有县长也在替我家操心,我咋觉得受不住啊。"

"是真的!阿姨,您看我像说话骗人的人吗,不像吧?我是亲耳听到县长给我们赵支书这么说的,不信,您问赵支书。"小于边说边用下巴指指一旁坐着的赵飞。

奶奶这才想起来旁边还坐着个村支书,光顾着和小于说话,把人家小伙子冷落了。奶奶赶紧给赵飞说:"娃娃,你喝水!喝水!艾叶儿,又死哪儿去了,不说赶紧给你这个哥哥添点水,再放点糖……"

其实艾叶儿一直站在奶奶身后。就这么大点屋子,又是夜里,艾叶儿能到哪儿去呢!可奶奶习惯这样子说话,一时不见艾叶儿在眼前,就一惊一乍大呼小叫。艾叶儿不喜欢奶奶这样,可奶奶到底是奶奶,不喜欢也得接受。于是她慢吞吞走去拎来热水瓶,给赵飞和小于杯子里各续了点开水,就又不声不响地站到一边去了。

"奶奶，"赵飞趁着奶奶看他，抓紧机会说，"于大姐说得一点没错，都是真的。您老要是不配合这项工作，就说明我这个村支书工作没有干好，不称职！不称职的干部就会被上级部门免职，也就是要受处理，那我在杨沟村可就把人丢大了。奶奶，您得好好考虑考虑，无论如何，就算是为了帮我们的忙，好好配合我们一下！"

……

小于和赵飞的话，难住了艾叶儿的奶奶，老人家一时不知说什么好。沉默笼罩着艾叶儿家小小的屋子。远处杨树林里传来旋黄鸟的叫声，像是有两只鸟儿，一声一声地叫唤应答，却显不出热闹来。在安静的夜晚时分，听上去反倒有丝丝凉意。

"阿姨，家里种麦子没？"小于没话找话，打破了这令人不知如何是好的沉默。

"几年没有种麦子了！"奶奶吁了口气，幽幽地说，"自打几亩地全部种了桔梗和樱桃，就没有种麦子的地了。桔梗还没有见收益，一年的口粮还全靠一季樱桃哩。今年天道不顺，四月里一场倒春寒，樱桃受了亏损，没卖够往年的价钱。要我说啊，还是种麦子把得稳。这两天一收割，一年的口粮往眼前一放，人心里就踏实了。"

艾叶儿的奶奶刚强惯了，在外人跟前不说软话，可刚才的话却分明带着怨尤。小于隐隐感到这家人今年因为春寒导致樱桃减产，换回来的粮食不一定够吃。这种情况要是还不肯接受兜底保障政策，那她们以后的日子怎么能好过！小于心里一边感叹老人宁可受罪也要顾面子的好强，一边对这一家人有了更深的怜悯。对比平常接触到的那些见到有公家的便宜就占个没够的人，小于对这一家人又多出几分敬意。

带着试探的语气，小于这么跟艾叶儿的奶奶商量："阿姨，您要是一下子还考虑不好，那我们就再等等您。等过了这个端午节，您老人家心里转过弯来，我们再商量盖房子的事情好不好？"

"还要考虑啥呢？不就一句话的事嘛！我做人一辈子爽利，不跟人绕弯弯，心里也没啥转不过弯的。只是我现在老了，说了话不一定算数，就像我前些时候说艾叶儿的亲事一样，大事情还是要抓养娃的有功劳的人做主哩，"奶奶瞅定了艾叶儿的妈妈，说，"我给你说过了，屋里的大事情从今儿起你说了算，你跟干部说，说一下你的打算。"

艾叶儿的妈妈在一旁几次想要开口，因为小于和赵飞一直在探奶奶的口风，也就几次忍着没插嘴。其实她最了解自己的婆婆，话说到这个份儿上，事儿推到了自己头上。也就是说，婆婆心里早就应承盖房的事情了，不过嘴头一时软不下来。于是艾叶儿的妈妈干脆地告诉小于和赵飞，她们家愿意配合政策赶紧盖新房。一来这土墙的旧房子漏了几年雨，自己住着心里都不踏实，生怕再有个像"5·12"那样的大地震，那可就危险了；再说艾叶儿也大了，有人上门提亲，一看家里这么寒碜，连个像样的住处都没有，就算有人看上孩子，嫁过去也让婆家看不起，对不住娃娃哩；还有就是当初易地搬迁政策一下来，她们家真是很积极的，想着趁这个好机会把新房盖起来。后来算了一下，政策补助只是一部分，多的钱要自己拿哩，可她们这穷家小户，从哪儿一下子凑几万块盖房的钱呢！没想到还有兜底的好政策，真是为她们家考虑周全了，哪还有自个儿拖后腿的理由呢！至于家里老人的态度，那还不是主任杨大毛一句话给激得，要是都像小于同志这样说话，还有啥好说的呢！

　　艾叶儿妈妈的一席话说得大家都松了口气。只有奶奶，听着听着觉得自己都不认识这个自己当闺女般看待的儿媳妇了，竟然还有这样大的主意，做这家里的主做得爽脆，还会替家里人圆场，这可是自己平常没想到的啊。不过也好，奶奶又想，这也就让自己放心了，毕竟自个儿不能陪艾叶儿到老，有她妈妈做主，她的宝贝孙女艾叶儿不会在世上吃亏的。

　　奶奶还有个高兴处——艾叶儿的妈妈说话间不知是有意还是无意，说到了提亲的事。之前给干部说话，自己可是有意提到艾叶儿的亲事，无非就是想套套这两个干部到底是不是来说媒的。在这件事情上，艾叶儿的妈妈能顺着奶奶的话头说话，婆媳俩想到了一起，奶奶真是对儿媳妇刮目相看。

小于跟赵飞听艾叶儿的妈妈松了口,高兴得相视一笑,抓住机会告诉这一家三口:"那就这么定下来,端午节假期之后咱们就开工。"艾叶儿的妈妈和女儿微笑着,显出高兴的样子来,奶奶心里高兴,脸上却不显露,而是认真地对赵飞说:"支书娃娃,我还有个要求。"

"啥要求?奶奶,您尽管说。"

"我提出让儿媳妇在盖房的工地上打零工,给施工队帮忙,行不行?"

"行啊!好主意!这样我们就少了找零工的麻烦,你们家还能挣点工钱补贴家用。好事情好事情!"赵飞一迭声称赞。

谁知奶奶却有些恼火,提高声音说:"你这个娃娃又把我老婆子的话听岔了,我不是想让自家人挣这点工钱,我是想着……"咽一口唾沫,奶奶接着说:"我是想着,媳妇能帮着干点零工,就是给施工队省一份零工钱。我们不能要这个工钱,给自家盖房子,自家不出钱,还要在工地上挣钱,这不是不把自家人当人看嘛!再说,自家有力气出点力气,以后住新房心里也舒坦。你们要打算给钱,那这房子我宁可不盖!"

赵飞听明白了奶奶的意思,赶忙笑着答应:"就按奶奶说的办!奶奶说得不错!如此深明大义,咱们杨沟村,奶奶您还是第一人呢!"

就这么轻松地解决了一个问题,小于原本想提一提艾叶儿和杨树的事情,看看手机,已经快深夜十一点了,她还得搭乘赵飞的电瓶车回城,太晚了路上不安全。她就给赵飞悄悄发了条信息,商量今天就先不提另一桩事了。赵飞很快同意,二人便告辞了。

客人就这么走了,奶奶心里有些失落。她原想着这两位干部一定要说艾叶儿的亲事的,谁知竟连提都没提。转念一想,奶奶又有点高兴,没提就没提,杨家会着急的,下回来了说一样的,省得这回说出来,不答应不行,连盖房子的事情一起答应了吧,还显得自己咋那么好说话。唉,那就再等几天吧。

六

杨沟村人的端午节和北方大多数地方的端午节一样,有几样简单的仪式——包粽子、烙花圈圈饼,女孩子绣香包、用彩色丝线编花花绳。艾叶儿早在几天前就编了几对花花绳,她给自己的两只手腕戴上,还给两只脚腕也戴上。奶奶说,戴了花花绳,路上不会遇见蛇。艾叶儿家进进出出都得翻屋后那道长满野草的土坎,夏季里,那儿正是蛇出没的地方。另外还有一对花花绳,她准备送给杨树戴,但她又怕杨树不肯戴,嫌是女孩子的东西。艾叶儿不会绣香包,没有人给她教这样的针线活儿。其实她很想绣一个香包给杨树,让他挂在运货的三轮车把手上，要香包天天跟上杨树跑，就代表她跟着他。

　　艾叶儿知道，杨树一定会在过节这天约她的。果然不出所料，心有灵犀的两个人靠一条暗语似的微信就知道了彼此的所思所想。趁着奶奶和妈妈张罗过节吃食的时候，艾叶儿悄悄给妈妈说了声，就出门来到了和杨树约定的地方——城墙崖。杨树早就在山崖下边开满了雏菊的草地上等她了。

　　南山在环抱杨沟村的这一段，忽然放下了它的桀骜不驯，格外宽厚和舒展。一截黑魆魆的山崖，从上到下站得笔挺，看上去就像是人工砌就的一堵石墙，村里人把这一段南山称作城墙崖。崖下徐徐漫铺的缓坡地里种满了庄稼，早熟的麦子刚刚收割完，那些没有熟透的小麦虽然通身已黄透，农人却还是从挺立的麦穗上判断出，它们还得在大太阳底下长上那么三五天，直到麦穗稍稍倾斜才能收割。

　　邻近金黄的麦田，玉米正在一旁疯长。艾叶儿要到杨树站着朝她招手的山崖下面去，就得经过一大片玉米地。玉米叶子上还没有完全褪去的露水一会儿就把艾叶儿左边的衣袖浸湿了，她也顾不得躲一躲，只管朝着杨树的方向走。艾叶儿的心里满满地装着思念，她觉得好久好久都没有见到杨树了。其实春天里他们是见过两次面的，一次是清明节前上坟，两个人约好在村东头的大柳树下待了半天。杨树给艾叶儿从城里买回来一只巨大的蝴蝶风筝，手把手教会了她放风筝和收风筝的窍门；还有一次见面是在晚饭后，趁着去村里的小卖铺给妈妈买几颗纽扣，艾叶儿约杨树出来在杨家沟边上的芦苇林见面。两人从黄昏一直待到天擦黑，还不想分开。那回杨树没有给艾叶儿带礼物，但他告诉艾叶儿，家里新打的大衣柜里，有他给艾叶儿买的紫色的衣服和丝巾。要是他俩的亲事能在端午节前定下来，这就是他准备在端午节追节时送给艾叶儿的礼物。艾叶儿一听就说不行不行，奶奶最不喜欢紫色了，这要是拿回去了会坏事的。杨树就笑着说："看把你吓得，奶奶不喜欢就不喜欢，我只要你喜欢就好。"看着艾叶儿犹犹豫豫瞪着自己的俊俏模样，杨树忍不住一边用手去刮艾叶儿的鼻子，一边告诉艾叶儿，奶奶不喜欢紫色不要紧，他还买了一套红色的衣服给艾叶儿，只等艾叶儿当新娘子的时候穿。不成就这回追节拿上红色的好了，只当艾叶儿就是他的新娘子了。

那回在芦苇林边，借着高高的芦苇林的掩护，杨树亲吻了艾叶儿。两个人恋爱近两年，杨树只是主动拉过几回艾叶儿的手，每回还都是艾叶儿匆匆就抽回手去。她实在是太害羞了，长这么大，还从来没有一个男孩子拉过自己的手。自从杨树第一回拉了艾叶儿的手，艾叶儿就在心里把自己许给了杨树。从那回开始，她就认定自己是杨树的媳妇，早晚要和杨树一起过日子的。后来他们之间更多的爱慕，都是在用手机微信聊天时表达的。杨树说的话热烈直白，艾叶儿却常常欲言又止，仿佛心中有许多话又不知从何说起，更多时候回复杨树的，是一连串的娇嗔和假装生气的表情。然而这正是艾叶儿让杨树着迷的地方，他太喜欢她不管何时何地都羞答答的表情和柔顺乖巧的样子了。他想要娶回家的，一定就是这样的女子。

有了那回的亲吻，艾叶儿的心就时刻拴在了杨树身上，她醒来梦里都惦记着他。醒着时只能想念，见面是有困难的，艾叶儿就爱做梦。假如做梦时梦到和杨树在一起，她醒来就懊恼梦太短了。好不容易熬到节日跟前，艾叶儿先一晚反倒没有睡好觉，天快亮时才迷糊了一会儿，却没有做梦。艾叶儿满怀惆怅地醒来，一看杨树约自己午饭前在城墙崖见面，一下就来了精神，仔仔细细洗脸梳头好一番打扮，临出门还偷偷抹了点兰花香味的香水。那还是杨树过年时买来送给她的。

见到杨树，艾叶儿反倒更加不好意思。想起上回杨树跟她热烈的亲吻，艾叶儿的心就忍不住嗵嗵狂跳，胸口里像是揣了只兔子，立时就要蹦跶出来，她感到呼吸都不顺畅了。杨树却啥事没有的样子，笑嘻嘻拿着一大把现采的瓢子——野草莓——准备给艾叶儿尝尝鲜。看艾叶儿难为情的样子，杨树索性摘下一颗瓢子送到艾叶儿唇边。艾叶儿往后退了半步，仿佛受了惊吓似的，低声嗔怪道："要死啊你！让人看见就笑话死了。"

"有人看见才好，我给自己媳妇喂瓢子吃，关谁啥事！"

"谁是你媳妇？你就知道胡说八道，八字没一撇哩就媳妇长媳妇短的，脸皮厚得跟城墙拐角一样。"艾叶儿白了杨树一眼，脸红红地哧哧笑着说。

"咋没一撇哩，我这八字都快写成了，来，让我亲一口。"杨树边说边把艾叶儿搂到自己怀里来，艾叶儿做出要挣脱的样子，但到底没有挣脱，就乖乖地靠在杨树臂膀上了。杨树并没有着急亲她，而是一颗一颗地把手里粉白、鲜红的瓢子摘下来喂给艾叶儿吃。酸中带甜、甜中透酸的瓢子吃得艾叶儿心醉神迷，眼看只剩几颗了，艾叶儿用手揪下来送到杨树嘴巴里，碰到他下巴的手指被短胡楂扎得痒酥酥的。杨树把瓢子和艾叶儿粉嘟嘟的嘴唇一起噙到嘴里咂了好一阵，憋得艾叶儿差点上不来气。

两个人就这么缠绵了半天，等坐到草地上，杨树才给艾叶儿说，原计划委托赵飞去艾叶儿家提亲的事能在几天前有个眉目，谁知赵飞光抓紧解决她们家盖房的事情了，竟然还没提亲事。这不，把人害得！打算端午追节的事情也黄了，给艾叶儿的新衣服就不知道几时才能穿上身。

追节是当地岁时节令中的一个传统民俗。每逢佳节，有未过门的媳妇的人家，早早就得准备过节的礼品和给未来媳妇的衣服鞋袜，在节日的前三天去给未来媳妇的父母家送去，谓之追节。杨树这回准备追节的礼品除了给艾叶儿的衣物之外，还给艾叶儿买了对金耳环,他从衣兜里掏出装耳环的红丝绒盒子,打开给艾叶儿看。一对黄金质镂空的树叶连接在耳环的挂钩上,用手捏住挂钩,树叶就在艾叶儿的手底下晃,反射出一簇簇的太阳光,艾叶儿感觉眼前金星乱晃。她悄悄问杨树:"这又花了多少钱?不要再胡买东西了好不好?我不戴耳环照样心里装的都是你,再说咱们一天不确定关系,我就一天不敢把你送的东西正大光明地拿出来。你闻闻我脖子上的香水味儿,还是你给我的香水哩,可我也只敢在见你的时候偷偷喷一点,要是让奶奶知道我拿了你的东西,那还不把我骂死才怪。"

杨树趁着闻香水味儿,搂住艾叶儿又是一阵热吻。等艾叶儿喘过气来,他才又说:"叶儿,你莫愁,我今儿个再催催赵飞,让他把我们的事情抓紧些。"

"……"

艾叶儿一听杨树说自己莫要愁的话,脸一下子就红到了脖子根,心想,这说的是啥话哩,谁又为这个事情发愁呢!愁也应该是你杨树愁,难道我一个女孩子家还愁没有婆家吗?想是这样想,回味刚才自己的一番话,其实还真是有点着急两人的关系至今不能确定下来;再问问自己的心,确实很想与心中爱慕的人尽快在一起。她是多么想时时刻刻陪伴在杨树身边啊!可惜,只要奶奶不松口,他俩的事就还得往后推,这可真是好事多磨呢。

就这么胡思乱想着,杨树又凑了过来,这回有些动手动脚的意思。艾叶儿真被吓到了,她迅速站起来离开杨树一步远,不带一点笑容地警告他:"别,杨树哥!你别这样,我害怕。"

杨树大大咧咧地说:"怕啥?这儿没人!"

"没人,没人人家才害怕……"

杨树叹一口气,把装着耳环的红丝绒盒子塞进艾叶儿手里,顺势牵着她的手,说:"咱们回家吧,回去晚了奶奶又要骂你。"

俩人刚下到来时经过的那片玉米地,没想到就碰上赵飞和小于正一起往杨二宝家走。赵飞手里拎着一桶食用油,小于拎着一袋大米,两个人在这段坡路上走得气喘吁吁。看见艾叶儿和杨树手拉手迎头走来,小于先站住脚笑着看他们。艾叶儿发现有人看,立马就缩回手去,装作和谁都不认识的样子,自顾自地低着头想快步走掉。小于就喊她:"艾叶儿,别走,陪我去趟二宝家,咱们再一起去你们家吃粽子,咋样?"

艾叶儿没有回答小于,却停下了脚步。她看看杨树,杨树就说:"不走就不走,跟上赵支书,咱们一块儿访贫问苦去。"艾叶儿原不想和杨树在这儿就分开,就有点难为情地跟上他们往二宝家去。刚走到二宝家院边上,刚才走过的路旁就有人扯着嗓子喊:"干啥的?你们是来干啥的?"

小于回头见是二宝他大伯杨水利的女人。她的头发和裤腿都高高挽起,正在院子里铺苇席准备晒粮食,看见小于他们把电瓶车停在了她家院子里,还眼看着他们手里拎着礼品进了二宝家,就大呼小叫问个不停,语气里带着明显的不友好。小于告诉她,他们一行人是来二宝家走访贫困户的。二宝的伯母声气越发大了:"为啥人家是贫困户,我就不能是贫困户?既然是慰问贫困户,你就把车子停在贫困户家院子里去,偏偏还要压着我家的院子,这不是明摆着欺负人哩嘛!"

小于一时语塞,不知道如何回答才好。她心里明白,自打帮扶政策一项一项落实到建档立卡户,村里没有被列为贫困户的一些人家就心生忌妒。这杨水利的女人就是最典型的一个,连自家兄弟都嗔恨。听说二宝他大伯和他爸兄弟俩原先轮换着伺候常年生病的二宝爷爷和奶奶,但自从二宝他爸那年上树摘柿子踩断树枝掉下来落了残疾,家里就缺了一把劳动的好手。精准扶贫政策一下来,二宝家就因为缺劳力缺资金被定为建档立卡户。也是从那时候起,二宝他大伯家就再也不管老人了,说是二宝家有政府管着,老人们也就都交给政府管好了。好在二宝他爸也没怨言。前年农牧局帮扶杨沟村,给了二宝家十箱蜜蜂。二宝他爸做不了重活儿,养蜂却也用心,去年一年蜂蜜卖了几千块,一家子的吃穿用度就都出来了。即便二老多病,一年要住好几回医院,但因为有农村合作医疗保险,自家花不了多少医药费,只不过需要人长期在身边伺候。眼看二宝家日子好过了,别人倒还没说啥,二宝的大伯家就开始羡慕忌妒,说些风凉话。这不,一看又有干部去二宝家,这做伯母的也不怕人笑话,拿干部来出气了。

小于打算好好解释一下为啥二宝家被定为贫困户,赵飞给她使眼色不让多说,一边三步并作两步下去把电瓶车从极窄的一条小道上推了上来,靠在二宝家院边上的一棵梨树上。几个人就进了二宝家的门,二宝他爸在家,说是二宝近来在城里的建筑工地上打零工,早出晚归,这过节哩都没得歇气。边说边急忙用袖子擦板凳,让赵支书他们坐下,又大声喊二宝他妈赶紧来给干部倒水泡茶喝。二宝他妈不知在哪里没听见喊她,二宝的奶奶颤巍巍地从里间出来了,瞅了瞅满屋子的人,一把拉住小于的手,说:"这媳妇,你就是给过我钱的干部,我认得你哩。"

小于连忙笑着问候老人家:"最近还好吧,身体怎么样?二宝他爷爷也好吧?"

"好啥好!不好!住院才刚回来,还在炕上缓着哩。唉,你真是个好媳妇、好娃娃,我一直记着你给过我钱哩。唉!我都买了降压药吃了;唉,这一阵头又昏又痛,怕是还得吃降压药;唉,没钱买一颗药吃……"二宝的奶奶一边呻吟一边断断续续地给小于诉说自己的困境。

小于听明白了,老人家是还想要她的钱。那回给钱是小于头一回登门,看到卧病在床的老人实在不忍心,来时也没想起

069

给买点营养品啥的，只好给了老人两百块钱。后来镇上的领导告诉小于，以后不能再给钱了，这是违反扶贫工作规定的。一定要帮助贫困户找到自己赚钱的门道，千万不能惯出贫困户"等靠要"的懒汉思想来。因此，小于以后来就再没有给过他们钱。可这二宝的奶奶却不管啥规定不规定的，她还想着来的干部拿的都是国家的钱，给谁不是给呢。

　　赵飞看二宝的奶奶缠着小于不放，只好给老人家说："这回来是给你们送过节礼品的。您看，这清油和大米，都是这位于同志自己掏钱给你们买的，她是把你们当亲戚走哩。"赵飞这话说得对，小于还真把这一户贫困户当自家的亲戚了。在没有包艾叶儿家的时候，小于就包二宝家这一户贫困户，每回只要来走访，小于都会给拿点村里不方便买到的吃食。二宝奶奶听赵飞一说，这才看到柜子上放着小于拿来的东西，忙不迭又给小于说了一番客气话。小于看到二宝家屋子正中间的墙壁上挂了幅中堂书法作品，两边的对联是"雨过琴书润，风来翰墨香"，上下联挂反了。小于笑着给二宝他爸说："对联是你挂的吧？挂反了。有空的时候调换过来。左右调换一下就好。"

　　二宝他爸很可爱，他挠着头皮说："我光知道上联要挂在右边，却不知道哪个是上联。但我看了两句话顶头的字，我就明白了，先刮风后下雨，所以就这样挂上了。"赵飞一听就笑了，说："你这也是个理由啊，还真是先刮风后下雨，你说得也没错。"二宝他妈这时也进了屋,有点腼腆地接着说:"这是我们过年时在城里花三十块钱买来的,便宜,请人手写的就贵。我们家不是还没有新房子嘛,先挂个便宜的看着,以后有新房了就买个人家手写的。"

小于问二宝他爸,新栽种的万寿菊长得咋样?还有花芸豆,给铺地膜没有?二宝他爸喜滋滋地告诉小于和赵飞,今年天时顺,啥种到地里都疯长,花呀豆呀只等采摘了卖个好价钱哩。艾叶儿听到说种万寿菊,就想起固执的奶奶。前些时候村上的干部来她们家登记,动员她们把几亩承包地全部种菊花。奶奶死活不同意,说当了一辈子农民,就没听过靠种花能把人养活了的,只有种粮食才是正道,什么花呀豆呀的,那就是歪门邪道。结果现在满山满坡的万寿菊开成了金黄的花海,没有一朵是艾叶儿家的。艾叶儿这时想,等我嫁到杨树家,我就愿意给自家地里种花,不光好看,还能赚钱,何乐而不为呢?

这么想着,艾叶儿却又十分惭愧。奶奶常当着她的面说,女儿家没良心,人在娘家生,心却长在婆家。多少回听到这句话,她都不高兴,觉得奶奶是老封建。可是眼下自己的心思,难道不正应了奶奶的唠叨吗?艾叶儿一想到这儿,不自觉地就微微笑了。杨树看一眼艾叶儿,问她笑啥呢。艾叶儿不肯说,掉头就从二宝家院子里走了出来,杨树紧跟着,后面小于和赵飞也跟了出来,推起电瓶车,四个人朝艾叶儿家的方向走去了。

七

艾叶儿的奶奶给妈妈帮忙摊煎饼,昨夜里包的几十个粽子已经煮熟晾在笸箩里了。奶奶边烧麦秸秆,边嘀咕着艾叶儿又死哪儿去了,都吃饭时候了还不知道回来。妈妈不吱声,妈妈知道艾叶儿去见杨树了,不过也是该回来的时候了。婆媳俩正在惦记着艾叶儿,可巧艾叶儿就回来了,还带着赵飞和小于两个干部。杨树在门口没敢进来,隔着那扇柴门张望了一会儿,满心欢喜地回去了。刚才从二宝家出来,杨树就一再给赵飞叮咛,看在老同学的面子上,一定要尽早把他的要紧事给办了。赵飞告诉他,今天就是去解决这个事情的。要不,大过节的,谁不爱待在家里好吃好喝好好玩呢。听赵飞这么说,杨树这才放心了,三脚两步奔回家去取来两大瓶蜂蜜,托赵飞带上给艾叶儿家,并让不要说是自己给的,就说是赵飞在半山的蜂场专门买的。

赵飞把两瓶蜂蜜拿到艾叶儿的奶奶面前,说是专门给她们带的过节礼品,奶奶坚持不要,说家里有蜂蜜,就是没蜂蜜,撒点白糖照样吃粽子。赵飞把蜂蜜递不出去,很尴尬。小于知道这老太太又犯了犟病,只好自己接过赵飞手里的瓶子,认真地给艾叶儿的奶奶说:"阿姨,这就是赵支书的一点心意,其实还真没个啥,您收下也不违反我们的工作纪律,何况……"小于顿了顿,慢条斯理地告诉奶奶:"何况,赵支书他今天来,不光是为工作来的。他这会儿既是村支书,还是杨树家请来的大媒人、小红爷。您老人家是最知道的,咱们当地人托媒人上门,就没有个空手能到人家门上去的。今儿个赵支书登门,是有心买的蜂蜜,这是希望杨树和艾叶儿以后的日子甜得跟蜜一样哩。"

一席话说得奶奶脸上有了笑意,赶紧接了蜂蜜。可是赵飞却傻了,怎么?不是说好于姐当红媒的吗?咋三说两说又把这重任弄到自己头上了。小于看赵飞愣愣的,一定也是没想到她会这样说。可不这样说,就凭艾叶儿的奶奶这脾气,后面的事情还能顺利进行吗?不管三七二十一,先把老人家稳住再说。小于又笑着冲赵飞说:"赵支书,赶紧地,这儿就数你官儿大,你和杨树又是老同学,男方的人品、家世你都了解的,你给杨树和艾叶儿当红爷真是再好不过了。"

……

赵飞想了想,只好硬着头皮给艾叶儿的奶奶说:"奶奶,杨树让我来给他传个信。他对艾叶儿是真心的,是想结婚才谈的恋爱,不像有些年轻人,为了耍才谈恋爱。"

小于一听就着急了，原来这平常雷厉风行，说话有板有眼的村支书赵飞，却不会当媒人说合一桩好事。听他这几句话，再看艾叶儿的奶奶那忽然变得毫无表情的脸，小于真担心今天会把事情搞砸。没办法，小于只好接过赵飞的话茬儿，对奶奶说："阿姨，是这样的，赵支书虽然是杨树委托来的，但他毕竟还没有谈过对象结过婚，还是个娃娃家，有些话他不好意思说。所以他约了我一起来，就是想让我替他和杨树把要说的话说清楚，把要办的事办实在。阿姨，您看，您要是不嫌弃我没有村支书头衔，这个媒人我来当了，行不行？"

艾叶儿的奶奶跟小于说过几回话之后，就看出这个女干部能说会道。其实谁当媒人都行，只要不是那个她最看不上眼的疯姨。于是奶奶也给小于表了态："我一个农民人家，有啥嫌弃人的哩。村支书也好，县长也好，还不都是给老百姓说话办事的官儿，但要是把当官儿的请来当媒人，那就是把这个官给人家大材小用了。依我看，我们这穷家小户，也不敢让村支书来当媒，还是你这个女干部来当最合适。"

就这样，奶奶愉快地和小于进行了对谈。那天，小于和赵飞就在艾叶儿家一起吃的端午饭，在饭桌上基本就敲定了杨树和艾叶儿的亲事：彩礼十二万元，金项链金戒指金耳环一样都不能少，杨家要给艾叶儿准备春夏秋冬四套衣服鞋袜，订婚那天要给所有带孩子来的亲朋发红包，多少随意，以及一些订婚宴上的细枝末节都谈到了。一顿饭吃完，所有事情俱已谈妥。艾叶儿的奶奶说自己是个苦命人，儿媳妇也是个苦命人。如今轮到艾叶儿成了人，她就盼着艾叶儿能把这苦命挣脱了。如今遇到杨树这孩子，她和儿媳妇都是满意的，等两家成了一家，她也会把杨树当亲孙子一样看待。唉！奶奶叹一口气，说艾叶儿能找个好婆家，她们祖孙三代就总算把苦日子熬到头了。

小于在艾叶儿家待了这一中午，心中有诸多感慨，对艾叶儿的妈妈和奶奶的遭遇也深感同情。可是她又隐隐有种不安，觉得像艾叶儿这样单纯的女子，温柔可人得就像画儿上的人一样，有着爱上一个人就爱到骨子里去的痴情。可在这个纷繁复杂的时代，谁又能预料到往后不会遇到些挫折和困难呢？缺乏历练和不够独立的艾叶儿，未必就能像奶奶所预期的那样，一下子就找到了靠山或者改变自身命运的机会。唉！小于也在心里长叹一声，天下女子个个都想要出人头地，除非这个社会翻转过来，从男权变成了女权，可这又怎么可能呢？继而，小于又自顾自地失笑了，今天这是怎么了，当红媒这么大好的事情办成了，应该高兴，应该替这两个对未来心存美好憧憬的年轻人高兴才是。这么一想，小于就给艾叶儿说："记着告诉杨树，订婚酒一定要请我和赵支书来喝哦，我们可是你俩相亲相爱的见证人，那回遇见你们的时候，我就看见杨树拉着你的手呢。"

一句话就把艾叶儿的脸说红了，好在奶奶因为同意了这桩事,也就不觉得杨树和艾叶儿拉拉手有啥不对,因此也就没有责备和数落艾叶儿,而是一个劲地给小于和赵飞说:"订婚酒、结婚酒那是一定要请你们来喝的,杨树他不请了我请。你们来了那是要坐上席的贵客哩。"

从艾叶儿家出来,小于给赵飞说:"我包的这家,也真是问题多。现在解决了两个大的,还有一个关于她们家出路的问题,不知几时才能得到解决,村上有没有具体的实施办法?"

赵飞边走边给小于说:"这个已经商量好了,邻居家赖去的地块,现在往回要还是个难办的事,不如从新房宅基地那头,给她们家重新开一条通到外面公路上的便道,占用的地块刚好是村上早些年留下来的垦荒地,公共的,不需要再求爷爷告奶奶给谁做工作。这个事就只等给她们家开工盖房的时候一起解决,你不用再担心了,我还忘记告诉你了呢。"

两个人一路往村委会走,半道遇见几个村民也要去村委会,说是今天过节,村上又有福利发放。赵飞问其中一个村民,谁说的,要发放啥福利?回答是村里的低保户杨拜子去村上转悠,正好遇到发馅饼,自己领了,回来给大家说每个人都有。这不,他们几个就凑一起去领。赵飞有些纳闷,难道村主任今天是要给村民过节吗?那也不能发馅饼过节啊,到底是怎么回事呢?他快步走进村委会,院子里已经站着几个人,东倒西歪笑得山响。一问,才说是杨拜子遇见镇上的干部小李吃馅饼,说他还没吃早点呢,小李就把另外一个馅饼给了他。这杨拜子拿着馅饼就满村子晃了个遍,逢人就说今天过端午,镇上和村上的干部给大家发馅饼,说让赶紧都去领,去晚了馅饼就凉了……

赵飞和小于听得哭笑不得,村主任杨大毛一步从屋里蹿到人群中,气得直跺脚,说:"这个死猫扶不上树的杨拜子,自己生活过不上去不说,还到处造谣生事,给工作队添乱。等我忙过这几天,好好去骂他一顿,教训教训这不长记性光长心眼的大懒虫。"

端午过了没多久,这白天就一天比一天短了,奶奶给艾叶儿说:"眼看入伏了,趁着还有几天的暖和日子,让你妈妈给我帮忙缝两床新被子。"

"缝新的干吗?奶奶,还是拆洗旧的?咱们家不是有被子盖吗?"艾叶儿不解地问奶奶。

"瓜女子,给你缝新被子哩,给你陪嫁的,明儿镇上逢集,跟上你妈妈买被面子和棉花去,专挑红颜色的被面子买两床,喜庆。记下没,瓜女子?"奶奶今天说话格外温柔,不像往常总是硬邦邦的口气。艾叶儿发现,自从答应了杨树家的提亲,奶奶跟她说话比以前温和多了,有种把艾叶儿当客人对待的感觉,这让艾叶儿还有点不太习惯。不过艾叶儿心里不藏事,她过几天就又把这个感觉给丢了,也很快就习惯了奶奶跟自己好好说话的样子,觉得奶奶从她小时候就是这样子跟她说话的。

杨树和艾叶儿办了订婚仪式，杨树就可以名正言顺地天天到艾叶儿家来。不过他不光是来看他未过门的媳妇的，杨树现在还是给艾叶儿家盖房的施工队的一员。他垒墙的速度极快，经常有人打趣，干活儿这么麻利，到底不一样啊，知道是给自己盖房子哩。憨厚的杨树也不回嘴，只管加紧干手里的活儿。人家说得没错，他就是等房子赶紧盖好哩。这边搬进新房子，他那边才能说娶亲的话。这是奶奶亲口说过的，要让宝贝疙瘩艾叶儿在娘家住几天新房子再嫁到婆家去，不然的话，她和艾叶儿的妈妈会觉得对不住这么懂事个娃。

房子封顶的时候，镇上村上都来了恭贺的人。艾叶儿的奶奶高兴得两个晚上没有睡好觉，黑地里给艾叶儿娘儿俩说："咱家这回总算赢了人，没见谁家盖房封顶连镇上干部都去恭贺的，咱家算是头一家。"

杨树等艾叶儿家的房子一封顶，就回去忙活自己的菌棚去了。两个月没咋管，菌棒都快干枯了。他憋着一股劲，秋季里香菇、木耳要能卖个好价钱，他就置办一套实木家具布置结婚的新房，还要有几样家电，那得让艾叶儿跟上他进城去看着买，总要买个艾叶儿喜欢的。另外，艾叶儿喜欢照相，可她的手机像素低，拍出来的照片总是模糊。杨树准备结婚前给艾叶儿买部"苹果"手机，让她把村里的新房子都拍个遍，把花草树木也都拍个遍。尤其那片风一吹就沙沙作响的芦苇林，他要和艾叶儿站在一起自拍一张合影照，那可是他们第一回亲密接触的地方。另外，他还听说，"苹果"手机不光照相好，在他们的"千村千户"微信群里抢红包，"苹果"手机的速度也没有哪个手机能比得过。

　　艾叶儿和她妈妈一天忙着给施工队的人做饭，也没有一刻闲着。这些想法，杨树这一阵还没机会给艾叶儿说，他打算晚上歇气了在微信上跟艾叶儿说。他要说，他想艾叶儿了，想亲她抱她；他还要说，他爸已经把结婚的日子给他们定好了，就在国庆节那天，是要让他俩跟着全国人一起高兴一起幸福。

顺流而下

干旱已经持续了近三个月。六月以来，老天爷像是天天家里有喜事一样，乐呵呵的，天天都是艳阳高照；即便偶尔生气，也只是板板面孔，谁想要看见它掉一滴两滴的眼泪，那简直就比登天还难。

月月两天前回了趟乡下的家，在路过河边玉米地的时候，她看到还没有成熟的玉米大部分已经枯黄干瘪了，早些时候油绿宽展的玉米叶，全部拧成了黄褐色的草绳。草绳上的玉米棒子又瘦又小，头上顶着一簇同样是黄褐色的卷曲皱巴的玉米缨子。近旁地里的黄豆苗倒还有几分绿色，不过也只是还没来得及变黄的一丁点绿，可怜巴巴地顶着白花花的日头，凝神屏气支撑着。好像只要松口气，那一丁点绿颜色就会立马消失在热腾腾的空气中。

月月的家在乡下，距县城不过两三公里路程，因为隔着宽宽的青泥河，这两三公里的路就比别处二三十公里的路还远。正是村里的老人们说的，隔山不远隔水远。再远的山路多走一阵就走到了，可是水路没有桥和摆渡的船只，就只能望洋兴叹。祖辈在这条河上搭建过数不清的便桥，冬春季节才搭的桥，夏秋季节涨水，桥在一夜之间就从河面上消失了。后来在村民集资和交通局的支持下，河上总算架起了一座翻水桥，自行车和架子车可以通行，但公交车过不去。月月进一趟城或是从城里回一趟乡下，都得步行。

她不像别人家的年轻媳妇，有男人挣钱给买电动车或者摩托车，再不行也得有辆自行车。可是月月啥车都没有，就连一个挣不来多少钱养家的老实巴交的男人，还都让她给跟丢了。她联系不到在外地打工的男人，至少有三年时间了。三年前，她男人虽然逢年过节不回家，说趁年节能多挣点钱，但电话还是往回打的。后来就不来电话了，月月打过去，人家说是空号，说明她男人换手机号码了，只是从没有告诉过她。

不告诉就不告诉吧，月月一点都不想那个男人。那是个懦弱的、窝囊的男人，说话都没个大声气。有回邻居家和他家争地界，邻居家儿子把他母亲的头发扯得一绺儿一绺儿的，满地飞，他都没敢上去拉一拉，反倒钻进里屋藏起来了。

月月那回就想，要是人家打她，她男人指不定还会给别人帮忙呢。何况嫁给他十多年的时间了，她也没少挨他的打。自从男人出门打工去以后，月月感到头上少了一重山。虽然还有婆婆这一重山，但是毕竟不用和婆婆同床共枕了。除了白天干活儿，吃饭时得忍受婆婆的白眼和数落，一到夜里，月月的房门一关，世界就是她自己的了。她就可以放心大胆地打呼噜、说梦话，甚至由着性子做梦。

月月常常在睡梦中梦到她早已去世的母亲。还像小时候一样，母亲用一根布带子背着她在树下打枣。红红的枣子掉进怀里，抬一个塞进嘴里，甜中带酸，常常就把月月从睡梦中酸醒过来。月月长到三岁才会走路，五岁才会说话，大家都认为月月是个傻瓜，人人都嫌弃月月。可是母亲不一样，母亲才不管月月傻不傻，母亲只知道月月和她的哥哥一样，同样是自己身上掉下来的肉。所以母亲背月月背了三年，布带子换了十来根。

可惜的是，月月长到十二岁，她们家的茅草房却在一场大雪中塌了，爱她的母亲和不爱她的父亲都被埋在了废墟里。等到村里人帮忙把他们扒拉出来，两个人都已经咽气了。跟着哥哥在雪地里用筛子网麻雀的月月幸免于难，从此兄妹俩成了孤儿。

月月的父亲不爱月月，一是嫌弃月月是女娃，再就是连父亲都认为她就是个傻瓜。因此，父亲给她连个名字都没有起。到报户口的时候，母亲说就叫蒋月娃，月月家姓蒋，月娃是本地人对没有满月的孩子的统称。当年那个登记户籍的笑眯眯的老头，在往户籍簿上填写蒋月娃的时候，自作主张写了个蒋月月，月月从此有了正式的名字。

月月成了孤儿的那一年，刚刚上了两年半小学。三年级还没有上完，父母亲一下子都没了，月月和哥哥寄居到了舅舅家。舅舅家也不宽裕，舅妈原本就嫌多了两张吃饭的嘴，再要供养他们上学也是不可能的了。月月也就结束了她的念书生涯，哥哥也一样。兄妹二人给舅舅家割草喂猪，自从有了月月兄妹，舅妈一下子买回来三头猪崽儿，全靠他们兄妹割猪草。

哥哥心里还放不下学校的事，每天一到舅舅家孩子放学的时间，哥哥就守在半路等两个表弟，向他们打听自己班上同学的情况。哥哥那班同学还有一学期就初中毕业了。哥哥原先的打算是，自己不上高中，初中毕业考个小中专，最好是考上设在县里的地区农校，毕业后分在乡政府工作，可以天天到村支书家喝酒。

哥哥成绩好，当然舍不得学校。可是月月不行，她认的字加起来还装不满她割猪草的篮子，就连人民币的面值，她都认不准。并且，还有个让月月烦心的事，就是同学们爱捉弄她，每一回都把她整得想哭，虽然她一回都没有哭出过眼泪来。

所以，成了孤儿的月月辍学后，一点都不留恋学校的生活。她终于摆脱了那群没她长得高却老爱欺负她的同学，就像摆脱了一群嗡嗡乱叫、老爱往人眼睛里钻、挥都挥不走的小飞虫。月月喜欢一个人割猪草，本来可以和哥哥搭伴的，只是哥哥没了父母疼，也不疼她了，总是一副很凶的样子。尤其是挨了舅舅的打后，哥哥总要把气撒在月月身上，轻则找碴儿骂她几句，要是她敢还嘴，哥哥的拳头就会挥在她身上。

　　月月认字认得不多，却认识很多草，鬼针草猪耳朵草鸡肠蔓，牛蒡叶车前草苦苣，大刺草小刺草苍耳子……还有一些叫不上名字的草，都像是月月的朋友。每天每天，它们不是在这道山梁上等她，就是在那条河沟边盼她。月月见到它们就高兴，她先拣嫩草割，干巴些的、矮小些的先留着，让再长几天。月月是很有割草的经验的，割一些留一些，就常常有草割。在这些像朋友一样的草里，月月还知道哪些是舅舅家的猪爱吃的，哪些是它们不太爱吃的。猪爱吃的就是好朋友，不爱吃的是普通朋友。月月把两类朋友混在一起给猪吃，她可不想宠着惯着那些又黑又脏的猪。凭啥猪就能常吃它爱吃的呢？我月月还是个人呢，谁又给我好吃的了，谁又会宠着惯着我呢？这是月月在割草回家的路上心里想的话，她在心里说过无数遍了，却从没有说出口，其实说出来也没有人听。

　　年底，舅妈烧一锅滚烫的热水，舅舅请来杀猪匠，几个人一早上就把月月和哥哥割草喂肥的一头大猪给宰了，另外两头卖给了屠宰场。杀猪过年，舅舅家一家子，包括哥哥都是兴高采烈的，只有月月心里空荡荡的，就像那没有了三头大肥猪的空猪栏。

　　猪崽儿长成大肥猪，月月心里是喜欢的，她觉得自己很有用。可是把大肥猪杀了卖钱，月月就不喜欢了。月月觉得大肥猪是她和哥哥的功劳，他俩就该多吃点肉，也该多得点压岁钱。但事情完全不是她想的这样子。肉是吃了，但她和哥哥吃得最少，舅舅家的孩子可以顿顿吃，他俩就只能午饭时吃一点。舅妈说了：晚饭吃了肉会积食，积食发烧就得吃药打针，那时候谁来伺候你们！至于压岁钱，头一年在舅舅家过年的时候月月还想过它，可是想也是白想。正月初一，舅舅家两个儿子给舅舅舅妈磕头，月月也跟上磕了，舅妈给她的两个儿子一人五块钱。看月月眼巴巴的样子，当着舅舅的面，舅妈脸上也实在过不去，只好给了月月三颗水果糖。

　　割猪草养了五年猪，月月长成了大姑娘。除了不爱说话，怕见人，月月模样一点都不难看。舅妈给媒婆说：你看咱月月，鼻子是鼻子眼睛是眼睛，长得没的说吧？

　　舅妈突然就对月月好了起来，扯料子给月月做新衣裳，大红上衣毛蓝裤，一色的巴拿马面料，穿上身，月月就像变了个人，脸也比平日白了，头发本身就黑油油的。那时舅妈不再剪她的长头发换针线了。不过半年时间，月月的辫子就长到齐了腰。

　　在这半年里，舅妈给月月物色好了婆家，也就是月月现在的家。婆家五个儿子，月月嫁的是老四，三个兄长全部招赘出去了。月月的婆婆多年寡居，孩子又多，家境实在不好。但是婆婆好强，再不好也要给剩下的两个儿子娶媳妇进门，否则他们家就面临着绝后，在村里就更说不起话了。当地婚俗有个定规，男到女家，生的孩子必须跟女家姓，甚至男的也得跟上改姓氏。

月月的婆婆愿意给儿子娶月月，是看准了月月是孤儿，虽然有舅舅舅妈，但毕竟是亲戚，不会多要彩礼。果然如婆婆所料，舅妈原打算多要些彩礼的，舅舅怕村里人笑话，说他们把外甥女卖了钱。最后只好要了一万两千元的彩礼，不多也不少，是当时农村彩礼的中间档次。就这，婆婆家也拿不出来，两个亲家商量了好几回，婆婆想让舅舅家把彩礼再往下降一降，月月的舅妈牙关紧咬，一丝一毫都不肯放松。舅妈理直气壮地说：虽然是外甥女，却是我一手养大的，我就有权做主。这彩礼嘛，人家还有要两万四的，我不是亲妈，担不起话把子，不敢漫天要价；但不是亲妈，也不能把娃娃贱送了，免得以后到你们家了不值钱。

婆婆希望月月的舅舅能做主，舅舅心里明白，自己是做不了主的。但舅舅毕竟是亲舅舅，想起自己苦命的姐姐，心一软，也不顾舅妈圆瞪着的白眼，硬着头皮许诺，出嫁时给月月陪嫁一台彩色电视机。亲事就这么定下来了，成了。

就在月月准备出嫁的时候，媒婆给月月的哥哥也介绍了一门亲事，是一户需要招赘的人家。哥哥早就知道自己要想成家，就只有倒插门这一条路。舅舅家的两个儿子眼看也大了，没几年就得盖房娶媳妇，可舅舅家的日子还只是刚刚能过得去，不可能给月月哥哥娶媳妇进门的。所以媒婆登门一说，哥哥连女方的面都没有见，就答应了。

谁知乡里人给女儿招上门女婿，又时兴起向男方家索要押金了。说是怕女婿在丈人家不诚心，三月两月拍屁股走人，把人家女儿给耽搁了。哥哥的婆家没有多张口，只要一万元，也是个不多不少的数字。舅妈一听急了，当着媒婆的面就说：哪里来的一万元倒贴？算了！看来这娃就是打光棍的命。

舅舅说：月月不是要了彩礼的吗？给她哥陪上，也不枉两个娃都在我面前长了一趟。舅妈一听这话，索性躺在地上打滚哭闹，细数自己多养两个孩子的艰难。现在好，眼看养大了，白送人的白送人，倒贴的倒贴。反正，这日子是没法过了。

平常舅舅怕舅妈，由着女人惯了的，那回倒像是个堂堂的男人了，居然对女人的撒泼胡闹不为所动，坚持要按自己的主意办。舅妈闹了半天，看拗不过男人，再看看一直蹲在墙角一言不发的外甥，正铁青着脸，红眼咬牙瞪着自己，突然有些害怕。想想这个和月月性情不一样的外甥，自己没少打过骂过，可这孩子一点都没有怕她的样子，从小到大，看她的眼神都是恨恨的。想起有一回男人没在，外甥闯祸挨了她的打，自己罚他站在门外雪地里，不许吃饭。正好院子里跑来一条狗，她隔着门给狗扔了块干硬的馍片。狗还没叨进嘴里，这孩子就弯腰捡起半截砖头，对准狗头狠命砸去。狗惨叫着跑远了，从此再不敢进她家院里来。就是那回,舅妈看出这孩子的狠来,要不是砸偏到狗耳朵上,舅妈看得出,这孩子手下用的劲,要是正中狗头,不把脑浆砸出来才怪。

舅妈最终让了步,将月月的彩礼钱替她哥哥交了招赘押金,月月的嫁妆,自然也就落了空。俩外甥的事儿合在一起办,舅舅家一天"嫁"出去了俩孩子。舅妈回头给邻居说:啥叫竹篮打水一场空?我就是呀!白养活了一场,白白给人送去了。也好,只当我送瘟神,送了心里清净。人家是靠亲戚沾光哩,我这是受亲戚拖累哩。反正,以后就算没这门亲戚,断了这条亲戚路最好。

这话传到月月哥哥耳朵里,哥哥专门去月月家叮嘱月月,不许再登舅舅家的门,除非舅妈死了。月月听哥哥的话,真的再也不去舅舅家了,那回她发现哥哥脖子上青黑的鞭痕,问是咋回事。哥哥说耕地赶牛,甩鞭子,不小心把自己抽了。

月月留哥哥在自己家里吃饭。饭桌上,月月的婆婆当着哥哥的面说,月月是"精身子"嫁过来的,彩礼没少要,说好陪嫁电视机呢,结果连根鸡毛都没陪,就连月月的嫁衣都是他们家给买的。

哥哥一碗饭没吃完,起身就走了,给月月的婆婆连个招呼都没打。月月送哥哥到院门外,哥哥走开去十来步,回头看月月还站着,又回来问月月:这一家子人对你好不好?月月说:

好着哩，饭管吃饱，活儿多一点，在哪儿不做活儿呢？我做哩，我吃哩，就好着哩。哥哥盯了月月好一阵子，觉得月月还想说啥，却又说不上来的样子。哥哥知道月月人老实，不会说假话，也不会多说话，就不再问，仍然气咻咻地走了。

月月是有话想说，但真是不好说出口。月月想，要是有个姐姐就好了，她就可以给姐姐说说她男人的事。月月觉得她男人脾气绵软，蔫性子，话也不多，倒和她合得来。只是上了床就不像是个人，精力旺盛得就像头牲口，非把月月折腾个半死不活才罢休。刚结婚那阵子，月月硬是忍着，想着过一阵子就好了。可是男人就像永远没个够的样子，眼下她都有六个月的身孕了，男人还是一晚上都不肯放过她。

月月后来忍不住，把这事给婆婆说了。婆婆骂她是个瓜媳妇，两口子床上的事情，咋能给人说呢。但是，婆婆看看月月的大肚子，到底还是留了心，背地里告诫儿子，节制些，肚子里的孩子要紧。婆婆的话还算管用，男人稍微收敛了些，不强迫月月了，但总在夜里掐她咬她，咬得月月身上到处齿痕斑斑。月月由此怕了黑夜，常常夜深了还不上床，东转转西转转故意找活儿干，不几天，人就瘦了一大截。

大女儿生下来，月月的婆婆很喜欢。说她一辈子就是穷在儿子身上了，人都说儿多命大，在她是罪过大。婆婆抱着没满月的孙女，一张常年板着的皱巴巴的脸居然笑成了一朵菊花。

那个月子，是月月最享福的一个月。婆婆亲自给她熬粥、煮鸡蛋，粥里面还调红糖，不让月月下地干活儿，也不让月月和男人同床。月月感激婆婆，虽然不大会说话，但一声"妈"却比平日叫得亲。那一阵子，月月常常梦到自己的母亲，一根布带子背着她，打枣给她吃。

几年后，月月生下了二女儿，婆婆干脆把大孙女领回自己屋里养，算是分了家，也算是给月月减轻了负担。月月和她男人养一个孩子，婆婆和小儿子养着大孙女，各自种着几亩地。三间土坯房一分为二，婆婆住左边，月月住右边，正屋共用，日子还能过得去。月月还是喜欢养猪。男人用一袋子黄豆给她换来两头猪崽儿，月月背着女儿上山割猪草，就像当年她母亲背着她一样。大热天的，月月割回来一篮子蔫头耷脑的鬼针草，剁碎拌上麦麸喂给猪崽儿吃。一篮猪草没吃完，两头猪崽儿就倒在圈里死了。月月不知道自己割回来的猪草是别人家打过农药的，男人心疼一袋子黄豆，狠狠地打了月月一顿。月月心疼两头猪崽儿，觉得男人打她也是应该的，是自己亲手送了猪崽儿的命，挨顿打又有啥呢。何况，她男人打她是常事，常常夜里打，只要她不愿意和男人亲热，就得挨打。

婆婆告诉月月，满世界都是农药，现在谁还割猪草喂猪，都是用的猪饲料，半年就能喂肥出栏。可是猪饲料要用钱买，月月家几亩地的出产除了供一家人吃饱肚子，余粮换的一点点钱要买化肥买农药,还有油盐酱醋都得从里面出来,买饲料的钱又从哪儿来呢?

月月去哥哥家借钱。月月很少去哥哥家,刚出嫁那阵子,她瞒着婆婆给哥哥送过油饼吃。哥哥饭量大,有一回给月月说,他在丈人家总是吃不饱,还常被丈人打,不想在那家过了,只是舍不得一万元的押金。早知道这样,倒不如在舅舅家打光棍呢。

这几年,月月忙自己的日子,顾不上去哥哥家了,哥哥也不到她家来。听说嫂子生了双胞胎,都是男孩。哥哥的丈人看在孩子面上,不打哥哥了,还给哥哥买了手扶拖拉机,跑运输,挣下钱着哩。

月月没见上哥哥,嫂子把她骂了出来。月月不知道,挣了钱的哥哥迷上了赌博,白天黑夜泡在赌窝里,手扶拖拉机都输给了别人。老丈人稍微上了年纪,打不过女婿,气得养成了摇头的毛病,一说话头摇得就像拨浪鼓。嫂子气不过,干脆搬到老父亲的炕上去住,算是和哥哥分居了。

从哥哥家回来不久,月月得了个喂猪的办法,就是去城里的饭馆挑泔水喂猪。一天一趟,一对大铁桶,来回五公里路,晚饭后去挑,孩子暂交给婆婆看。挑泔水是个腌臜活儿,可月月不嫌。在城里,月月开了眼,长了见识。她发现城里人和村里人就是不一样,城里人说话声音轻,不像村里人,粗声粗气的；城里人吃饭不带响声，也不像村里人，把面条吸得像扯布条；最关键的是城里人钱多，那么好的饭菜，没吃完就倒泔水桶了，不像自己家，有馊味的剩饭都要热了吃。

一回，月月看饭馆服务员把半盘子剩饭往泔水桶里倒，她不认得是啥菜，看着是一些小疙瘩，黏黏地糊在一起，像是肉，又像是泡馍，倒掉真是怪可惜的。月月也不怕人家笑话，悄悄求人家把剩饭给她。服务员也不恼，直接把剩饭倒进一次性饭盒里，还给了月月一双筷子。月月放下她的大铁桶，很有眼色地找了一个没人注意的角落，把剩饭吃了。她觉得自己从来没有吃过这么好吃的饭。不是有句话叫又香又甜嘛，月月以前并不知道又香又甜是啥滋味，可是吃了这半盘剩饭，她就知道了。

月月本来想留一点这又香又甜的吃食给家里的孩子，可是最终又没留，自个儿给吃光了。倒不是月月嘴馋，不爱孩子，是想到小女儿还小，还没学会吃饭。大女儿在婆婆跟前，已经被她奶奶惯坏了，见了月月像见到陌生人，不叫妈妈，也从不到月月跟前来，强拉过来抱抱，就又哭又号。婆婆听见总要出来骂月月几声，数落月月又把孩子惹哭了。这样子时间一长，月月竟然觉得大女儿就是她婆婆的孩子，与自己没多大关系，渐渐地也就把那个孩子不放在心上了。好在小女儿还需要吃月月的奶水，一到晚上就像牛皮糖一样黏在月月身上不下来，让月月既有当母亲的满足感又有相当大的安全感。因为月月的男人,那个在月月看来像牲口一样的男人,竟然不像从前一样霸占着月月,而是把月月让给了需要照顾的小女儿。

月月感到自己的日子终于好过了些。泔水养猪才一年,她的三头猪卖了好几百块钱,月月头一回见这么多钱,高兴得好几个晚上都从睡梦里笑醒。不过也就高兴了那么几天,她男人就把钱全部拿走了,除了给婆婆一部分,说是给大女儿的生活费。其余的钱,男人全部带上去外地打工了。月月想让男人给她留点钱,她想买一件人造呢的大红外套穿。城里去年就流行过了,过年时,满大街的红呢子外套,不漂亮的人穿上都好看了几分。但月月没敢给男人张口,她从刚结婚时就很害怕男人,从不敢跟男人提个啥要求。再说就那几百块钱,婆婆说:就算全给我,都不够孙女这几年在我跟前的吃穿用度,我还没有问儿子要养老的钱呢。

男人一走,月月也不养猪了,她反倒觉得日子好过了些。几亩地退耕还林种了树,可以按时领补助,政府给像月月这样的二女户还另外有补贴。男人时不时也寄点钱回来,但总是让婆婆给拿去了。月月也不说啥,她觉得自己没有男人那点钱也完全能行。月月会过日子,娘儿俩吃得又不多,如今的衣服料子呢,结实得跟啥一样,不但穿不烂,颜色都不会掉,穿个一年两年还跟新的一样。吃穿不愁,再狠狠节俭一下。慢慢地,月月手头居然有了几百块钱的积蓄。她和早先在城里饭馆认识的一个名叫金兰的送菜的女人商量好,一起进城贩卖蔬菜。金兰告诉她,有五百元的本钱就能开张。

金兰已经有了几年贩菜的经验,人也活泛,说她靠贩菜把家里的土坯房都换成砖房了。月月跟上金兰去过她家,人家的日子的确比自己的好很多。光说电视机吧,金兰家就有两台,一台黑白的,一台彩色的。金兰说,黑白电视机是原来的,彩电是她的陪嫁。彩电放在外屋,来人才打开,撑面子的。平常还是看黑白的,放在卧室看,躺在床上看。金兰看月月很羡慕她的样子,问月月:你知道 DVD 吗?边说边掀开电视机旁边的一块红绸布,露出一个扁扁的黑盒子。金兰用手指指,喏,就是这个!

做啥用的?

看碟片!

碟片?那又是个啥?

哈哈哈。金兰突然大笑起来,说:你这个瓜妇人家,真是啥都没见过,真正的乡里人哪。几时有空了,我放一张美美的碟片给你看,把你的脸看红,把你的心看跳,把你看得一天到晚想把在外头打工的男人叫回来。

月月从金兰的笑声和语气中听出来,那黑盒子不是个啥正经东西,竟然能扯出和男人有关的事儿来。说到男人,月月突然记起男人有好长时间没给家里寄钱了。月月告诉金兰,她才不想自己的男人,她巴不得男人永远在外边哩。

金兰用手刮着月月的鼻子,羞月月,笑月月不说实话。

月月就给金兰讲了实话。她把大自己几岁的金兰当成自己的姐姐看待。

可是金兰并没有同情月月,反倒说月月不懂男人:人家都巴不得自家的男人在那方面厉害呢,而你是有眼不识金镶玉,是放着好东西不会享用,是把福气拿脚踢哩。然后就给月月讲自己和男人甜甜蜜蜜的亲热事,讲着讲着,金兰的脸就红扑扑的,左脸颊上几颗稀稀的雀斑看上去亮晶晶的。金兰还说,要不是自己在家供娃上学,早就跟上男人出去打工了。两个人在一起就是好,做啥事都有个商量,都有个主心骨,就是吃饭睡觉,都比一个人的时候香。

被金兰这么一说,月月忽然就想起自己的男人来。出门快一年了,男人给家里寄过几回钱,往回打过一次电话。月月家没有电话,男人把电话打进邻居有顺家,托有顺的媳妇去喊的婆婆。娘儿俩也不知道在电话里说了些啥,月月不知道,月月也不想知道。过了这几年,月月看明白了,她男人就是个在婆婆手里长不大的娃。除了上床睡觉这件事,男人都要他母亲拿主意,从不和月月商量。月月先前还很不高兴,后来也就习惯了。婆婆曾经给村里人说过,她这个儿子是五兄弟里面最没有主心骨的一个,别的儿子可以去给人家做上门女婿,这个就不行,那要是在别人家门上，就是头一个挨打受气的。

月月想，她那个蔫牛一样的男人在外头干的是啥活计？累不累？吃饱没？穿暖没？尤其想到金兰说的话，她突然有点想念自己的男人。毕竟，人家是两个孩子的爸爸，是婆婆亲生亲养的儿子。月月回家就去问婆婆，上次男人来电话说他在外边干的是啥活计？

婆婆先不回答月月的问话，愣愣地看了月月老半天，好像要重新认识这个瓜兮兮的儿媳妇一样。月月被婆婆瞅得不好意思了，以为自己又问了不该问的，正要讪讪地走开，婆婆却说：哎呀，月月，我只当你把你娃她爸忘了呢，今儿个咋还记得问上一声来！

月月听婆婆的口气不咋好，啜嚅着说：我，我也就问一下，这不快过八月十五了，我就问问，他回家不？

婆婆一下高兴了，轻快地说：媳妇，还真让你说准了，上次你男人来电话，就说想在八月十五回来哩。

月月翻了一阵粮食柜子里藏着的历头，想知道离八月十五还有几天的时间。因为家里有小娃，见啥都乱抓乱撕，月月把钱呀、历头呀，还有卫生纸啥的都藏在装粮食的柜子里。尤其是历头，那可是个要紧的，一年收种，都要在历头上查日子哩。

儿子要回来，婆婆是真的高兴。婆婆一高兴，把月月喊到自己屋里，说：小娃给我来抱着，你给咱们蒸面皮子吃。月月忙活了大半天，蒸出一大撂爽滑的面皮，油泼辣子油泼蒜，美美地吃了整两天。月月一下子觉得这才像个家了，热热闹闹的，就连大女儿，也跑到她跟前来，在她的腿上撒了一会儿娇。

男人回来是在八月十五的先一天傍晚时候了。人比先前精神了些，身上穿的是新衣裳，皮带上还别了个黑亮的东西。月月问是什么，男人说那是电话，不接电线的电话，小灵通，回家前才买的。吃过晚饭，男人说他赶火车搭汽车，一身困乏，倒在床上就睡了，也没和家里人多说一句话。

第二天，月月赶早去村里豆腐坊买了两斤豆腐，韭菜是自家地里的，拣胖的嫩的割回一大把，月月要给她男人烙韭饼吃，她把婆婆也喊过来在她屋里一起吃，男人和婆婆都爱吃韭饼。月月烙的韭饼大小不一，薄厚不一，偶尔还有烙煳了的。婆婆见了儿子心情格外好，一点都没嫌弃月月做的吃食。倒是她男人，一声不吭尝了一块就出去了，把那没有电线的电话拿在手里定定地瞧着，就像里面有个啥好东西似的。

月月觉得男人这趟回来，咋像变了个人一样，对自己爱搭不理的。以前两个人在一起，月月最怕的是男人在床上欺负她。这次回家，大半年没见面，男人就像把月月忘了，上床倒头就睡。前半夜鼾声如雷，后半夜好像醒过来一阵，在身边胡乱摸索，月月本能地缩回身子，男人没摸到她，黑夜中翻了个身，又睡了。

月月却好半夜没睡着。

自从和金兰说过些关于男人的话之后，月月懵懵懂懂的，有点回过味儿来。像风吹醒了地畔的芨芨菜，像芨芨菜花儿被夹在手指缝里，软软的、痒痒的，既撩人又让人烦恼的感觉，月月说不上来到底是个啥感觉。但是她觉得自己没有以前那样怕自己的男人了，甚至，她还有点想那个男人，想着这回回来，只要不打她，就还依着男人，不躲也不避了。可是刚才，自己咋还会缩着身子让男人摸不到呢？月月有点后悔，有点恨自己了。想起婆婆常说的一句话：打熟的媳妇揉熟的面。月月还觉得，男人打她也没有多少错。于是，睡不着的月月主动往男人身边靠了靠，男人没反应。月月又怯怯地用手去扳男人的肩膀，男人还是睡得死死的，一点动静都没有。月月也就翻个身，悄悄睡了。

男人一共在家待了三天，头一天上地里掰玉米；第二天，请人把屋顶的旧瓦片换成了新的石棉瓦，解决了房子总漏雨的问题；第三天，进城联系电信局给家里装电话，八百块钱抱回来一台红颜色的电话机。月月以为电话要装在自己屋里的，谁知道男人只拿进来让她看了看，就让人安装到婆婆屋里了。男人在月月和婆婆的炕头用煤灰各写了一串长长的数字，说那就是他的电话号码，有啥事就照这个号码给他打电话。

临走的那天晚上，月月主动和男人亲热了一回。她照着金兰教给她的办法，心里不怕男人，还要去巴结讨好男人。果然，男人也和以往不一样，没有掐她，也没有咬她，月月头一回觉出男人的好来，她竟然有些舍不得男人走了。她说让男人和她一起贩蔬菜，可男人才不答应哩。男人有他的理由：贩菜能赚几个钱？靠贩菜，咱家还能装起个电话？靠贩菜，下辈子都住不上新房哩。

月月想想，男人说得对。这人真是要在外头见世面才对呢，出门之前，男人啥时候提过新房子的事情呢。老先人留下的三间土坯房，虽然屋顶铺的是瓦，但早已年深日久，到处漏雨，补了这儿漏那儿。上次请来的泥瓦匠说，这房子再漏，他可就没办法了，因为查漏要上屋顶，可是屋顶的旧瓦早已不经踩了，补的漏还没有踩的漏大。这回男人专门把屋顶换了，花的还是在外头打工挣的钱。

月月抱着孩子送男人出村，到了河边上，男人说：赶紧回去，不要送了，我一个人去车站。月月教怀里的孩子给爸爸说再见，孩子死活不张口。男人不耐烦地说：赶紧回去！声音有点大，月月怀里的孩子突然哇一声哭了。男人知道是自己吓着孩子了，伸手做了个抱孩子的姿势。这让月月有些意外，男人可是从来没有抱过孩子的，两个孩子都是婆婆给她帮忙抱大的。男人说过，宁可上地里干重活儿，也不抱娃，抱娃可是个吃力活计。看到男人有抱孩子的意思，月月想，到底是人家的娃呢。她赶紧把孩子送过去，可是这孩子在她怀里扭来扭去，就是不肯让爸爸抱。

这当口，男人身上的电话响了，嘀嘀嘀，嘀嘀嘀……

男人收回抱孩子的手，慌忙从皮带上取下他一刻都不离身的小灵通，看了一眼，回头就上桥走了。月月看男人走到桥中间，把小灵通扣在耳朵上，边听边迈着大步走远了。月月想，一定是男人打工的厂子里催男人快回去哩，就又暗暗求家里的灶爷爷和灶婆婆，保佑男人路上顺利，回厂子里康康泰泰，无病无灾。

男人一走，月月就跟上金兰进城贩菜，一根布带子把孩子背在背上。月月的小女儿乖巧，趴在月月背上，不哭不闹，随便给她个小玩具，就能玩上一天。月月贩菜，最麻烦的是不太会算账，光是公斤秤和市斤秤的认法，她足足学了有大半个月。起初金兰帮她认，时间一长，人家就顾不得她了。月月是个实在人，她认秤认得辛苦，却认真，认准了就不忘。她从蔬菜批发商手里称进来的菜，用的是公斤秤，回去放在自己摊子上往出卖，用的又是一杆市斤秤。一筐菜卖完，她始终没有金兰卖的钱多，她认为是市斤秤比公斤秤少的原因。

金兰告诉她：是零秤和总秤的问题。但凡往出卖东西，总要给买主一个旺旺的秤头，人家卖给咱们的时候只给一次旺秤头，而我们零零碎碎地往出卖，每个买主都要给个旺秤头。这样下来，不卖少了才怪。所以嘛，金兰笑着指着月月，说：你贩菜还没上手，自然不明白这当中的计算了。我告诉你，别再每秤都给得太旺了。当然，遇上难缠的，就给人家；遇上老人小孩，就不给,他们也拿你没办法。

月月想照着金兰说的办,可是买主一站到她面前,她就生怕秤称得不够旺,人家就不再来照顾她的生意了。尤其是自己常摆摊的风匣弄,来来去去就那些住户,时间一长,买菜的和卖菜的彼此就都熟识了。月月自认自己没眼色,可也已经把弄里那些人家的男人和女人对上了号。有几家的女人脾气大,两口子在一起,从来不给男人好脸色看,男人还赶在女人屁股后面狠命巴结。月月觉得城里比乡下好,正是从这几家的女人身上看出来的。她在乡下,可从来没见过谁家的女人在男人跟前这么理直气壮有面子。月月试过两次给人家把秤拉平一点,可买主都要凑上来看个仔细。干脆,月月还像原先一样,同样多的蔬菜,仍然比金兰卖的钱少些。少些就少些吧,月月计算了一下,即便不如金兰,这一筐子菜卖出去还是能赚到十多块钱的。每天卖上两筐菜,赚来的钱除了够她们娘儿俩进饭馆吃饭之外,还有一半的结余,月月已经很满足了。

这样一来,月月的菜每天都比金兰的卖得快些,她也就能赶在天黑前回家。金兰在城里租了房子,不用赶回去,就耗在摊子上慢慢等买主。金兰爱说一句话:消闲的买卖忙生意,心急吃不了热豆腐。月月听着好听,她喜欢听金兰说话。

冬天里,婆婆让月月在家歇一阵子,说天太冷,把孩子冻着了。婆婆说:你在菜摊上忙,不觉得冷,孩子在你背上动弹不得，冻着哩，你看手脚都生冻疮了。月月摆摊的风匣弄，长长的巷子果真跟风匣一样，呼呼的风不停地穿巷而过，两边密密匝匝的房屋把阳光堵在巷子外头，冬天就显得格外冷。月月看看孩子的手脚，果然皴裂红肿得厉害，只好听婆婆的话，好一阵子都歇在家里，不进城去贩菜了。

金兰有一阵子没见月月的面了，以为她生病了，抽空跑来月月家看她，月月高兴得给金兰烙了一摞油饼吃。金兰一看月月好好的，只说是怕孩子冻着，才歇在家里，就给月月说：咋不把孩子给你婆婆看着，谁家的老人不给儿媳妇看孩子呢。偏偏这话让月月的婆婆听见了。婆婆沉着脸从自己屋里出来，顺手捡了一根干瘪的玉米棒子，使劲扔到院里的鸡群中，嘴里大声嚷嚷：哪儿来的野猫子？吃了我家的鸡食还想吃鸡蛋不成？看我不把你撵出去才怪哩。月月抻长脖子望望窗外，说咋没看见野猫子呀。金兰听出是在对自己说话，朝月月挤挤眼睛，悄悄说：没想到你婆婆还是个难缠人，唉，可惜了你的好脾气。

腊月节，金兰又来喊月月，说蔬菜这一阵卖得热火，不去摆摊子真是太亏了，正是旺季哩。月月被说得心动了，只好给孩子穿暖和，头上身上裹得像个厚厚的棉花包，背在自己背上去摆摊了。头一天，批发商那儿人太多了，卖出买进，讨价还价，忙乱中竟然给月月把两筐菜当成一筐菜算了账。月月还以为这一阵自己没来，菜价降了，回到风匣弄来问金兰，菜价咋降得这么厉害哩。金兰一听，告诉月月是人家把账算错了，让她白捡了便宜。也不看这是啥时候，天寒地冻，临年无月了，哪里会有降的菜价？

月月问：那咋办？给人家退回去？

金兰忍不住骂了起来：你个大傻瓜！世上再没有像你这么缺心眼的人了，都说跟啥有仇都不跟钱有仇，我看你是偏要跟钱结仇哩。

月月听着金兰骂她，可她还是欢喜的，她就爱听金兰讲话。她觉得金兰就是比她老到，就是骂她也是为她好。为此她感激地要给金兰五块钱，说既然是捡的便宜，就两个人都沾点光。金兰才不稀罕月月的五块钱呢。她给月月说：不是有句古话吗？叫啥呢，就叫见面的银子分一半，听过没？月月摇摇头。金兰就哈哈笑了，说：意思就是你捡了块银子，刚好被我看见了，你就得分一半给我。月月被金兰惹得也笑了起来，说：金兰你真能，你咋就啥都知道呢。好的，今晚收摊的时候，不管这筐菜卖多少钱，我都给你分一半。

直到腊月三十，月月和金兰还在摆菜摊。不过三十这天只是半日集，中午街上就没有多少赶集的人了。金兰说她男人今天就回来了，问月月的男人回来没。月月摇头说自家男人打电话来说今年不回家了，趁年节厂子里多给加班费，能多挣点钱哩。

那你男人多挣了钱就该多给你一点,一个月给你多少呢?金兰问。

月月傻傻地笑着说:给我吗?给啥呢,我这不能过嘛!人家除了给他妈妈的生活费,说是都攒着哩,明年屋里盖房子要用。

金兰撇撇嘴。不是我挑拨你哩,我看你男人就没把你当人,谁家不是男人挣钱交给女人管。不是常说的话吗,男人是耙儿,女人是匣儿。我看你这个匣儿是个空匣儿。还有你婆婆,都没把你当人哩。

一席话说得月月低下了头,本来高高兴兴过年了,男人不回来就不回来,她有孩子给自己做伴,倒没觉得有啥呢。被金兰这么一说,她的心里忽然就空荡荡的。金兰看月月低头不语,又加重语气说:月月你小心点,以后留个心眼,小心你男人把挣的钱给别的女人花了。我们村里就有个这样的。媳妇明明知道男人有外心了,管都管不住哩。

月月晚上回家,跑到婆婆屋里给男人打电话。她是头一回往出打电话,从来都是男人打回来,婆婆喊她去听两句男人说的话就行了。电话那头的男人好像喝过酒的样子,口齿不清,含含糊糊地重复说:不回来了,说过不回来了,就是想多挣点加班费哩。月月突然想起金兰说过的话,冷不丁在电话里大声给男人说:挣了钱千万不要给别的女人花。说的时候顺口,说出来却把月月自己都吓了一跳,她可从来不敢这么大声地给男人说话。月月等着男人骂她,可是电话那头的男人竟然不作声。半天,啪的一声,电话挂了。

婆婆也是头一回听月月这样和男人说话,吃惊地瞧了月月半天。直到月月回自己屋里了,婆婆才嘟嘟囔囔地说:这瓜媳妇,没想到进城去还逛灵醒了哩。

有事干又有钱赚,月月觉得日子真是好过得多了。过完年继续摆菜摊的她,慢慢又把男人给忘了。她心里时时拴着的,就是她的菜摊子,还有背上背着的已经会说话的小女儿。春季里蔬菜多,当地菜农的时鲜菜陆陆续续上市。月月和金兰的菜摊没有先前生意好,金兰干脆把自己的蔬菜摊换成了水果摊,没卖完的几样蔬菜按照批发价全部处理给了月月。

窄窄的风匣弄,春季里的风竟然比冬天还难熬,一刮起来就没完没了,人皮肤上的一点水分一会儿就被风掠走了。月月只觉得自己的脸、手和裤脚遮不住的脚脖子就像砂纸的表面,粗糙得她都不敢用手去抚弄女儿的小脸蛋了。背上的孩子呢,也是嘴唇干裂,小脸儿被风吹得通红。月月第二天把菜摊子挪到巷子口临街背风的地方,街道边人多,一上午菜还卖得快。可是城管却来把她的秤杆子给折断了,又把她撵回到巷子里去。月月正好想要换一个台秤,她觉得带杆子的秤麻烦得很,常常不注意就会被秤砣砸了脚。所以城管折断她的秤杆,她也没有多生气,乖乖地搬上菜篮又回风匣弄了。

除了一天到晚吹不完的风，北方春天里的雨水也怪恼人的，下起来就没个时候。临睡时明明是月白风清的好天气，半夜里淅淅沥沥的雨就来了。天一明，月月照样背起小女儿进城。湿滑的泥路上印着车轮子的轧痕，看来还有比月月起得更早的赶路人。月月踩着路边的干草往前走，干草上没有泥路那样滑，可是背上的孩子却要妈妈踩着车辙走。那孩子用手扯着月月的头发和耳朵，做出骑马的姿势来，嘴里还驾驾地喊着。月月顺从地走上浅浅的车辙，一步一滑，趔趔趄趄走得很吃力，可是听到背上女儿咯咯的笑声，月月感到很开心。她扭转脖子想让女儿亲一下自己，可那小人儿捉着妈妈的耳朵不放。母女俩一闹，月月一个站不稳，就跌坐在泥水中了，好在孩子挂在她脖子上，并未跌下去。月月还没爬起来，女儿就抱着她的头在她脸上鼻子上亲了个没完没了。

月月太喜欢女儿亲她了，那软软的小嘴唇触在脸上，湿漉漉、甜蜜蜜的。不管月月一天到晚有多累，只要女儿亲她一阵子，她的累就都消失了。就像现在这样，本来跌坐在泥水中是件坏事情，又耽误了自己赶路，可是被孩子一亲，月月就不觉得这有啥不好了。从地上爬起来的时候，她甚至改变了今天进城的打算，不贩菜了，干脆背上孩子进城转悠转悠，顺便赶个集。快换季了，月月早就想给自己和女儿一人买件新衣服穿，只是天天忙在菜摊上，没时间逛市场。

今天倒好，反正这雨已经耽搁月月进城的时间了，等自己赶到批发市场，怕是也没有多少好菜了呢。这样一想，月月不再急着赶路了，她慢悠悠地背着孩子过河进城去了。从西大街转到东大街，再从农贸市场转到旧货市场。逛了几家成衣店，月月装得像一个老到的城里人一样，和店老板们讨价还价。这都是跟金兰学的，她亲眼见到金兰把一件要价八十八元的上衣硬是讲价讲到三十元就买回来了。金兰说：人家天上要，你就地上还，反正钱在你的口袋里，你不伸手就谁也拿不走。金兰还说：那些卖衣裳的老板都心黑得很，要的价钱是批发价的好几倍，一点都不像咱们贩菜，八毛钱的菜卖上一块钱就算是赚钱了。

　　月月记着金兰的话，她在第一家店里看中了一件红底黑格子的上衣，人家要一百块钱。她在心里反复琢磨了一阵，对比了一下金兰买到的衣服的价格，有点不好意思地给人家说：四十块钱卖不卖？她的声音本就不大，又被隔壁光盘店里的音响声盖住了。那个黑黑胖胖的男老板没有听清楚，大声问她：你说多少钱？也许是老板的长相有点凶，加上他的口气，月月竟然被吓到了，她以为自己还的价钱把人家老板惹恼了，也就不敢再张口了，连忙背着孩子退了出来。在另一家店里，是个长着一对三角眼的女老板，同样的衣服人家只要了九十块钱，月月很庆幸自己没在第一家上当。这回她还是问人家四十块钱卖不卖。女老板瞪着她，反问道：四十块？你有吗？你要是有的话，四十块我也想要哩！月月听出来人家说的是气话，知道自己给的价钱又把人得罪了，只好怏怏地走了出来。

又逛了三家店，她始终没有胆量多看看人家挂满墙壁的花花绿绿的衣服，更不敢张口问价钱。结果大半天时间过去了，她还是两手空空，啥都没买到。女儿在她背上长长地睡了一觉，醒来就喊肚子饿，要吃米糕。月月花一块钱给孩子买了两块米糕，自己没有舍得吃。买米糕倒没有多费事，人人都知道一块米糕五毛钱，不用讨价还价，一手交钱一手取货就成了。月月心里忽然有些怨恨那些成衣店的老板，为啥要把衣服的价钱分成要价和卖价呢？直接说卖多少就是多少，偏偏要给会讲价钱的人卖得便宜，使那些口齿笨拙的人吃亏上当，尤其可恨的是还把自己吓得不敢光明正大地去买件衣服了。

唉！月月叹一口气，想对着个人说句什么话，又不知道该说句啥话。何况除了背上吃米糕的孩子，她在街上可是一个认识的人都没有。想了想，月月不自觉地就往风匣弄去了，她想去看看金兰，正好和金兰说几句话。

月月离金兰的水果摊还有好几米远，就听到一个女人愤愤地高声骂金兰：看看你干的这缺斤短两的活计，还像是个人吗？平常三毛两毛的找头都让给你了，竟然一点好都不记，今儿个整整给我短了半斤秤。真是狗眼里不长毛！哼，要是我自己的也就算了，偏偏是给邻居老太太捎的，回去一上秤，短了这么多，还以为是我半路吃掉了呢！人家老太太买这些橘子是要去柏林寺烧香敬佛的，你看你，连敬佛的人都敢哄敢骗，你真是良心叫狗吃了哩。女人骂完还不解气，又重重地把手里拎的水果袋子扔到金兰的摊子上，几个苹果被砸落到地上，咕噜咕噜滚得老远。金兰也不去捡地上的苹果，只一个劲地给骂她的女人说：对不起，是我看错秤了，要不给你重新称几斤？

那骂人的女人说不要金兰的水果了，只让给她退钱，要去别处买。金兰只好退给人家，女人气呼呼地走了。月月帮金兰把散落各处的几个苹果捡了回来。金兰有些不好意思，顺手给了月月的孩子一个小小的橘子。那孩子连橘子皮都没有剥，就塞进嘴里啃了起来。月月给金兰说她今天买衣服的遭遇，金兰对着月月埋怨道：你天天说城里这好，城里那好，今儿个尝到滋味了吧？哼！就是这些城里人，一点都看不起我们乡里人。缺斤短两咋啦，去看看哪个摊子上不缺斤短两？谁都像她那四眼的样子，回去还自己上秤称。哼！骂谁狗眼不长毛，她才是狗哩，四眼狗！四眼母狗！月月想起刚才那个戴眼镜的女人，忍不住扑哧一声笑了。

那天，金兰把月月留在城里住了一晚上。在金兰的出租屋里，月月看见一只瓷质的白猫，眼睛圆圆的，右手举起在耳朵边。月月的女儿想拿着瓷猫玩，月月怕给人家摔碎了自己赔不起，只好拦着女儿，惹得女儿哼哼唧唧不痛快。金兰告诉月月，那瓷猫不是玩具，是她敬奉了多半年的财神，每月初一十五都要上香的。也真灵，自从请了这个财神来，她的生意就比以前好多了。这个月，她的水果摊净利润就有近九百块呢，一天平均三十块了，比起贩菜的时候，多赚近一半的钱哩。月月问她，生意这么好，咋还给人称不够呢？金兰不高兴了，白了她两眼，本想骂月月一句难听的话，可看到月月傻乎乎憨笑的样子，又忍住了。金兰还告诉月月，城里人去庙里敬佛，就像她在家敬财神一样，都是想从神佛那儿得点好处。今儿个可真是不知道人家买了橘子是拿去庙里敬佛，早知道就不会给人家少秤头的。可那敬佛的人也真是抠门，几个橘子就把佛祖打发了。要是我，哼，就买桂圆，一斤桂圆顶好几斤橘子哩，一斤桂圆赚的钱也顶一斤橘子的好几倍哩。

　　桂圆你怕还没吃过吧？金兰问。月月摇摇头。金兰说：可惜我收摊时把装桂圆的筐子压在苹果底下了，要不就给你们娘儿俩尝尝。月月感激地笑着，她觉得金兰对自己就是好。她给金兰说：我会绣鞋垫，我要给你绣两双鞋垫。金兰正忙着算她今天的本钱和利钱，仰头盯着纸糊的顶棚，就像顶棚上写着钱数似的。等了一会儿，不见金兰吱声，月月想着金兰不稀罕鞋垫，又说：我还会做豆豉，等今年黄豆收回来，我专门给你做一盆豆豉。

金兰把目光从顶棚上收回来，连摇头带摆手地给月月说：不要豆豉，不要豆豉！鞋垫，鞋垫，就给我绣鞋垫，要四双，两双大两双小，给我男人和娃衬鞋窠。你不知道我们家那父子几个，个个脚臭，没有鞋垫就不是个事！缝纫机缝的鞋垫子不牢，手绣的最好，你就给我绣几双，比豆豉可强多了。我最见不得的就是豆豉，一股子脚臭味。我都让家里的臭脚熏害怕了，想起豆豉就恶心。

四双鞋垫还没绣完，金兰就帮月月在风匣弄租了一间房子，是人家两层楼房夹着的一个楼梯间，三角形，不到十平方米的样子，月租四十元。月月给婆婆连招呼都没打就搬进出租屋住下了，这都是金兰的主意。金兰说，一打招呼，婆婆要是阻拦的话，就不好说话了，不如先斩后奏的好。果然婆婆见月月几天没回家，找到城里来一看，月月已经把锅碗瓢盆安顿在出租屋了，又新买了蜂窝煤炉，一张弹簧床是借金兰的，看样子是真不打算回去了。婆婆也就只好由她去，回去给儿子打电话，电话那头也说，由她去好了。那当母亲的不免要问：两年没回家了，能挣多少钱？几时回家盖房子？儿子在电话里也说不出个所以然，含含糊糊的，大意是说这两年钱不好挣，没有多少积蓄，盖房的事情怕还得几年。

第二天，儿子打电话回来，问那当母亲的：月月真的租房子住城里了？结果被他母亲在电话里骂了一顿，说：我老都老了，还哄骗自己的儿子不成。挨了骂的儿子反倒高兴起来，说他几天之内要回来一趟，但不要让他母亲去城里告诉月月。

月月的男人回来时不是一个人，是和一个又白又胖的女人一起来的。一进村，月月的男人就要甩开女人挂在自己胳膊上的右手臂，可那女人才不肯放手哩，就那样一路挂着回了家。晚饭都没吃，四邻八舍的人就都上门来看这个陌生女人了，说是想听听这陌生女人半生不熟的普通话。但是月月的婆婆知道，四邻八舍的都是想打探打探这女人和她儿子的关系。

其实不用打探，就连月月的婆婆，问都不用问就知道，这是儿子从外面勾引来的野女人，当地就叫野妇人家。难怪儿子这两年不回家，也不给家里汇钱。月月的婆婆全都明白了，她的蔫牛一样的儿子，被这个白胖的狐狸精给迷住了。她儿子的血汗钱，原来都进了狐狸精的口袋。她后悔没把月月喊回来，又庆幸没把月月喊回来。她知道儿媳妇没出息，知道儿媳妇就是根被人揉搓得没样子的软面筋，就是回来，也不敢把男人和野妇人家咋样。一看那野妇人家的一对插进鬓发里的倒竖着的长眉毛，就连月月的婆婆，心里都怯了三分。

月月的男人当天夜里去村主任家，说要和月月离婚，请村主任给判一下。主任问他有没有领结婚证，月月的男人说没有，说结婚的时候月月还不到年龄，乡上就没给发证。主任说：没有结婚证就是非法同居，既然同居，又有了两个孩子，就是事实婚姻。事实婚姻也是一场婚姻，想离也不是那么容易的。要让我去判，我就是第一个不同意的人。首先，你领回来的女人是个啥根底？人家是真心和你过日子哩，还是耍弄你哩？看女人的年纪，应该是结过婚的人，要是人家在外地有男人，再跟了你，那就是重婚，是犯罪，你知道不知道？

月月的男人给主任说，他领回来的女人是离过婚的，离婚证他都见了。女人是真心要跟自己过日子的，要不是真心，人家一个女人家，咋能轻易把身子给自己呢？再说他和女人在一个厂子里打工，女人给他做饭都一年多了，要是不真心，谁还愿意给别人做饭呢？主任问他：那你给女人花钱了没有？月月的男人理直气壮地说：当然花了，咋能不花呢，我的工资都让人家领着哩，人家对我好，都打算跟我过日子了，还不给人家花钱，那还能叫个男人吗！

那月月呢，都给你生两个娃了，你现在不要人家了，那你在月月跟前还能叫个男人吗？主任提高了嗓门儿，听上去有点生气了。

月月的男人也有点生气了，不由得大声说：哼，我当时给了她舅舅一万两千元的彩礼，才娶回来的月月，她给我生两个娃咋啦？那是应该的。何况生的娃还都是女娃，连个儿子都不会生。那时候的一万两千元是个啥数字？那是一家子好几年都挣不回来的一大疙瘩钱，正是那一疙瘩钱，害得我家里穷了好几年，到现在老五连个媳妇都没有，眼瞅着又得落个给人家做上门女婿的结果。

主任突然压低声音说：那你把这个女人给老五娶来，你就不用离婚了，不是两全其美的事嘛。月月的男人一听这话，突然愣住了，呆呆地看了主任几分钟，傻头傻脑地说：你说得倒好听，你是不知道这个女人比月月要好多少哩，光是床上睡觉这一桩事，她月月给我这个女人提鞋子还跟不上趟哩。

月月还是被婆婆从城里叫回来了一趟。看到自己床上躺着一个不认识的女人，月月也不问是亲戚还是来干啥的人，就想着自己还得连夜进城去，要不她在家里就没处睡了。她想把男人领到自己的出租屋看看，她还想给男人在蜂窝煤炉子上摊煎饼吃。她新买了平底锅，学城里人摊煎饼，竟然学得有模有样。可是男人却一点都没有要去她的出租屋看一看的意思，就连两个女儿，他都没有多看两眼。

婆婆把背着孩子的月月喊到自己屋里去，伸手抱孩子下来，让孩子自己出去玩，她要和月月说几句话。可那孩子就是不出去，月月说：妈，你要说啥就说，我抱着娃能听清。婆婆思量了一阵，拉月月和自己挨着坐在炕沿上，一只手扯起自己的蓝布衣襟，一只手飞快地在衣襟上拍打。一些细小的灰尘被扬起来，飞到窗户外面去了。

月月看到婆婆的衣服上已经没有灰尘了，可是婆婆并没有停手，她边拍打边说：月月，你是个好娃，自你进了我家的门，我就没把你当媳妇看。知道我把你当啥吗？我是把你当自家女儿看待的，你看我没生下个女儿，以后死了没人给我扯引路纸哩。月月赶忙说：妈，我给你扯引路纸。婆婆翻了翻眼皮，说：那就好！不过眼下还早哩。眼下要紧的是你得答应我，以后给你五兄弟做饭洗衣裳。

妈，你要转远亲戚去吗？

不是。

那你不是一直都给老五做饭洗衣裳的吗？

我总不能给他做饭做一辈子，洗衣裳洗一辈子，对吧？

嗯，也是。能行，以后没有妈了，我就给老五做，给老五洗。

那你就是答应了？

嗯。我答应了。

婆婆有点意外地盯着月月看了好一会儿，长出一口气，拍着月月孩子的小胳膊，说：妞，看你妈妈多听话，你长大也要听话哩。乖，可不要学你爸爸哦。

月月回城里告诉金兰，说她婆婆快死了，给她如此这般交代后事哩。金兰没等她说完，就唾沫横飞地骂起来了：月月，你真是个傻瓜，人家把你卖了你还帮人家数钱哩。你男人不要你了，你都不知道？你咋愿意你男人把野女人带回来睡在你床上？你婆婆的意思是让你给老五当媳妇哩，让你给老五洗衣做饭暖热炕，陪老五睡觉哩。

月月一听这话，脸红到了脖子根，说：那咋能行呢？好歹我是老五的嫂子哩。金兰突然哈哈大笑起来，说：月月，你也不用愁，说不定它还是个好事哩。你难道没听过一句话吗？说兄弟爱嫂子，辈辈有好处，以后给你的好处多着哩。

从那以后，月月就再也没联系上过自家男人。男人原先写在墙上的那个电话号码，月月照着打过去，总是一个女人接电话，总是一句话：你打错了，这儿没有你说的那个人。女人的声音干脆利落，说的是普通话。月月听着有点像男人带回来的那个外地女人，想一想，又觉得恐怕不是。她记得那个女人很妖气，说话声音细而软，可电话里这个声音呢，是干脆利落毫无弹性的。

一回婆婆生病住院，花了月月近半年的积蓄，金兰让月月问自己的男人要钱。月月又打电话过去，可是那个电话号码莫名其妙就成了空号，一打，对方生硬地告诉她：对不起，您所拨打的电话号码是空号。金兰告诉月月：你那没良心的男人把电话号码换了，看来是死心塌地不要你了呢！

月月知道男人是真的不愿意回来了。月月成了没有男人的女人。不过，月月并没有感到很伤心，她有小女儿给自己做伴，有金兰给自己帮忙，原先小小的菜摊又新增了些水果，小生意慢慢顺手起来。月月想，没有男人就没有男人，没有男人她照样吃喝拉撒，照样倒头就睡，照样睡下就做梦。只是她很少梦见自己的母亲了，以前常做的母亲给自己打枣吃的那个睡梦，现在竟然很少梦得到。

她现在常做的梦就是自己当了真正的城里人。事实上，月月自从在城里租了房，就很少回乡下去了。婆婆和她名下的几亩地全部退耕还林了，政府补助的粮食，她和小女儿还吃不完。月月有个明显的感受，就是进城以后自己的饭量都减少了，女儿也一样。在乡下家中时，月月一顿要吃两海碗面条，吃上才有劲干活儿。那时候，她挑两大桶泔水就像是挑着两个空桶，一天到晚有用不完的力气。现在倒好，一顿才吃一碗面条。女儿更不愿意好好吃饭，只惦记着花花绿绿的零食。月月惯着女儿，尽量满足小人儿的要求。棒棒糖、跳跳糖、干脆面、牛板筋啥的，只要风匣弄里几家小卖铺有的，月月都给女儿买过。男人不要她了，她觉得没有多难过，可男人不要孩子了，她就觉得孩子格外可怜，就像自己小时候一样。月月可不愿意让孩子在自己跟前受委屈。她不舍得让女儿走路，五岁的孩子了还常常背在背上。女儿爱吃甜，月月的出租屋里就没断过糖和甜食，由着孩子的性子吃，吃得小人儿一口米粒样的细白牙齿个个都成了蛀牙。金兰曾经数落过月月太惯着孩子了，说惯娃要惯在心里，别惯在脸上，要不娃长大就没出息。一向最爱听金兰说话的月月，偏偏不爱听这句话。月月想，女娃娃嘛，长大会做饭会洗衣服会生娃就成，能要多大的出息呢？

月月的出租屋小,没有窗户,夏天热,冬天却暖和。尤其蜂窝煤炉一生火,屋里就一点都不冷了。从住在城里的头一个冬天起,月月和女儿的手脚就再也没有被冻肿过。月月喜欢自己新买的蜂窝煤炉,烧水做饭又快又方便,用起来又相当省事——只要夜里把炉火封好,坐上一壶水,第二天早起开封,火也有了,热水也有了。月月的房东给月月交代过,夜里要把炉子放在外面,要不人睡着了是会煤烟中毒的。月月不知道煤烟中毒是个啥,但她看房东说得认真,又保证说放在外边不会丢,也就很听话,一大早就把炉子提进来开火,晚上封火后再提出去。

一个下着大雪的夜晚,月月把炉子提出去放在院子里,雪花成团地落在炉子上,惊得热乎乎的火炉刺刺直响。月月怕炉子里的火被大雪扑灭,干脆又把火炉拎进屋子里去了。月月想,就一个晚上,能中个啥毒呢,乡下常有农药中毒的事情,但那是把农药喝下去才中毒,我又不喝这炉子上的有毒的东西。

那晚月月睡得迟,第二天照例起个大早,准备背女儿出门去菜市场。可是孩子没睡醒,放不到背上去,月月只好用布带子把女儿捆在自己的肚子上。一脚踏出门去,月月就搂着孩子跌倒在雪地里,她想爬起来,但是浑身没有一点力气,心口就像被棉花堵着,头痛得要炸开一样。月月以为自己感冒了,心想要照这样趴在雪地里,感冒会加重的,尤其是怀里睡着的女儿,也会冻出病来。她想喊房东或者二楼的邻居来帮忙,竟然说不出一句话来。她就那样乖乖地趴在雪地上，一直到天快亮的时候，怀里睡着的小女儿也醒过来了，冻得哇哇直哭。

月月猜想自己是煤烟中毒了，她想起村里有吃东西中毒的人，给吃上些生酸菜就能解毒。生酸菜她屋里有，但是没人给她拿出来。她试着用手抓一把地上的积雪，感觉自己有了些力气，但还是站不起来。没办法，月月干脆一把又一把地吃地上的雪，直到前胸后背凉了个透，才慢慢缓过劲来。

房东大婶把月月狠狠地埋怨了一顿，说：你这就叫不听老人言，吃亏在眼前。大婶劝月月去医院找个大夫抓服药，解解煤烟的毒。可是月月舍不得花钱，她觉得自己不过腿脚软了几天，女儿又照样活蹦乱跳的，有啥必要去医院呢？何况现在的医院根本就不敢进，一去就要打吊针，那还不得花一大疙瘩钱？过了几天，月月给炉子上接了烟筒，把煤烟引到了屋子外面，原先旧铁皮的蜂窝煤炉也换成了新的铸铁炉子。从此，安全了不说，还免去晚上提出去、白天拎进来的麻烦，倒省了点事儿。

婆婆领着大女儿进城来，说：孩子该上学了，要买新书包、新衣裳、新鞋，我一个死老婆子，手头一分钱都没有，总不能叫娃不上学吧，总不能叫我去偷去抢吧？

月月一见婆婆，不由得就紧张起来，不由得就低下头，一脸的可怜相。

婆婆才不可怜月月，她继续数落：但凡我还有个儿子在跟前，我死也不寻来看你这苦瓜脸。都是你这个扫把星，我两个儿子都让你扫出门了。

　　自从两个儿子都出了门，婆婆就没给月月好好说过一句话。一开口就说月月是扫把星，说月月连个男人都留不住。不光村里人，就连风匣弄里认识月月的人都知道了月月家里的事。月月怕婆婆，不作声赶紧拿钱给她。婆婆从月月手里取钱都没个好脸色，劈手夺去就走，走时还朝月月的煤炉子踢上一脚，说这是啥世道嘛，人的心都像这没燃起的炉子芯一样，黑透了。炉灰掉落下去，还没落地就又扬了起来，呛人的烟味钻进月月的鼻子和眼睛里，辣辣的，呛得月月一阵咳嗽。

　　晚上金兰来串门，高兴地告诉月月，她在城里有了自己的家。月月问：你租的屋子不就是你的家？金兰说：那是什么家，那不过是暂时借人家的一个窝，就像你这样，你出钱你就住，不出钱你就走人，屋子呢，永远是人家房主的。我说有了自己的家，就是说我在城里有了自己的房子。我住着，屋子是我的；我不住，屋子还是我的。而且我也能像城里人一样，不想住了就把它租出去，坐地收钱，光等着银水往家里淌哩。要是你也想在城里有个家，我都能替你办到。

　　原来金兰花三万元搬到了一处廉租房，离风匣弄很近，三下五除二收拾了一下，就搬进去住了。第二天晚上，金兰领月月去她的新房看看，一室一厅的屋子虽然小，但是厨房厕所啥都有，和电视里面的人住的屋子一样。月月摸摸金兰家的门把手，又摸摸窗户玻璃，摸一下，嘴里抽一口气，就像被啥东西烫着了似的。金兰斜眼看着月月，说：看你大惊小怪的样子，看你没见过世面的样子。只要你好好把你的菜摊子守上几年，也能买一套哩。

从此，月月不再给小女儿买零食了，也不再给婆婆钱了。她想有套廉租房，当真正的城里人。女儿好说话，哭闹了几回，见没闹来零食，反倒好好吃起饭来了。可婆婆就不好对付了，连着两回没有从月月那儿拿到钱，就站在街上骂月月，还把月月菜筐里的菜拿回去了一些。月月并不害怕挨骂，她是从小挨打挨骂惯了的，她觉得谁再怎样骂她，也骂不掉她身上的一块肉，更骂不掉她身上的一分钱。

婆婆进城来，也不是只管问月月要钱，也给月月说一些家里和村里的事情。婆婆说老五在外面混得还行，上个月给她打过电话了，年底要回家来，也攒了些钱，回来歇几天再出去。老五说，在大城市见的世面大，挣的钱也多，要不了几年他就回来盖房子娶媳妇。月月听到老五说娶媳妇，想起那回婆婆说过的话，没来由得脸就红了。可是婆婆就像忘了以前的事情，又说月月的男人，电话都不往回打了，要是早知道这个儿子是最没良心的，小时候就应该把他喂了狗才对。月月有些可怜婆婆了。好在这回，婆婆没有张口要钱，她也就没舍得给，但她把婆婆领到饭馆里吃了一碗肥肠面。

还有一回婆婆来,要月月三天后回去一趟,说村主任家的孙子满月,镇上村上请了好几百个客人,准备摆宴席待客,家家都准备去给帮忙哩。月月不想回乡下,说让婆婆去给帮两天忙好了,结果又被婆婆骂了一顿。婆婆气咻咻地骂月月:驴脑筋、猪心眼!村主任家的事情不帮忙,你还能给谁家帮忙?不单要出人力帮忙,就是搭礼,也得比别人家多一倍才行。亏你是在城里混着哩,算是白混了,挂个棒槌在城门上,时间长了,它都会说话哩。你是不回去不知道,人家把主任巴结得紧的,哪个没沾上国家便宜?只有我们家,远的不回来,近的也不回来,就像外面能捡了多少金子银子似的!其实都穷得烧屁吃哩,多少年了,连新房都没盖起。结果那国家的低保金、救济款,全都叫住楼房的人领去了。

那回月月去给村主任家帮忙,择菜、洗菜、刷碗筷,样样能行,大家都说月月进城后比先前麻利了,人也白胖了些。主任家的大院子里,除了请来的客人,进进出出跑腿操心的尽是些女人、老者。村里大多数男人都出门打工去了,就连几个老者,也都加入了端盘子上菜的队伍。月月觉得村里过事情不如先前热闹了,酒席也不如先前丰盛了。记得以前谁家过事情,那是要杀一头猪待客的。全村人,家家不动火,要在场上吃喝三天,热闹三天。可这回主任家待客,大家的礼金并不算薄,酒席却简单多了。而且也就吃喝了一天，到天黑前就把借来的桌椅餐具还给人家了。

月月回去和金兰说到乡下过事情，金兰撇撇嘴，说：你们村那还算好的，女人也还有几个。哪像我们村啊，女人都出去打工了，只有老汉老婆们给人家帮忙着哩。我就说，要是喜事还好，凑合着就过了；要是办丧事，嗨，看老汉老婆哪个是能抬动棺材的！难不成要让死人自己往土里钻吗？月月觉得金兰说的话有点难听，却是实话。回去想想，月月更加不喜欢乡下了，乡里有这样那样的不好，乡里也没有她多少牵挂，还回去干吗呢？从此，月月起得更早，收摊更迟，她就是想早点挣够在城里买房子的钱。

每天早早出门，月月在市场周围就能捡到一些废纸箱和废塑料，攒多了拿去废品收购站也能换钱。晚上收摊迟，月月常能遇到一两个好心的买主，在路灯下买她的菜，几毛钱的零钱也不用找。半夜回去睡床上，月月给睡熟了的女儿说，城里啥都好，城里房好，城里人好，城里还到处都是钱……

迷迷糊糊刚睡着，出租屋薄薄的木板门轻轻响了两下，月月翻一个身继续睡。门又被敲响了两下，声音稍微大了些。月月一下子惊醒过来，大声问：谁？

门外面的声音小小的：是我！

月月没听出来是谁的声音，再问：是谁？

外面的人略微大声了点：月月，是我！

这回月月听清楚了，是哥哥。月月进城之后，哥哥只来过一回她的出租屋。这几年忙着挣钱，月月几乎忘了自己还有个哥哥。她赶紧开了门。哥哥一脸汗，穿着厚厚的棉衣。月月有点奇怪，才入秋没几天，还不到穿棉衣的时候呢。可是哥哥不等月月问他一句话，先开口说自己要出趟远门，有一桩大生意要做，自己身上带的钱不够，让月月帮忙凑一点。

月月手头是有些积蓄，可那是自己省吃俭用积攒下来准备买廉租房的，现在哥哥要，给还是不给呢？月月犯了难，哥哥却说，是暂时借的，等生意做成了，连本带利给月月还。月月又想了一阵，默默地从床底下的破纸箱里拿出一只黑色的高筒雨靴，从靴筒里掏出一卷钱来，放在腿上一张一张铺平，数了两千元给了哥哥。月月要留哥哥在自己的出租屋住一晚上，天亮了再走，哥哥说要赶夜班车，拿了钱趁夜走了。

过了几天，月月的婆婆又进城来，问月月的哥哥来没来过月月这儿。月月吓了一跳，心想她这个婆婆消息咋就这么灵通，就像有千里眼顺风耳似的。她不知道咋样才能瞒住哥哥问她借钱的事，只好低头不言语。好在婆婆并没有追问，而是悄悄告诉她，她哥哥家里出大事了，有人给她哥哥家的炕洞里塞了炸药包，一家几口全都被炸死了。月月哇一声就哭了，哭她再也没有哥哥了。婆婆本来想狠狠骂她几句，因为是在大街上，只好低声喝住月月,说:哭啥哭,你哥哥没死,他根本就没在家里,已经好几天不见人了。

月月止住哭,傻傻地想了一会儿,庆幸她哥哥没有被炸死。想起嫂子那回骂她,把他们蒋家的先人一个一个辱骂了一番,最后还把她撵出门去,月月就觉得嫂子家出了事真是活该。然而再一想,以后她哥哥回来却没个家了,又觉得挺可惜的。她就这样可怜一会儿哥哥,又看一会儿嫂子的笑话,心里反反复复的,有些痴呆了,连顾客都忘了招呼,婆婆啥时候走的也不知道。

两年时间过去,月月的小女儿也到了该上学的年纪。月月一心想当个城里人,她把女儿领到县城几所学校报名,可是每个学校都说要有孩子的户口本才能报名。自从月月进城去,婆婆就把月月的户口本和身份证要去收了起来。婆婆怕月月在城里混得久了,心眼一活泛,再被人一调唆,说不定也会出门打工去,或者跟上别的男人过日子去。婆婆明明是防着月月,嘴里却给月月说是暂时替她收着。

月月两天前回乡下家中取户口本,婆婆却不肯给她。婆婆说:让孩子回乡里来念书,祖祖辈辈都是乡里人。难道城里念的书就和乡里不一样?城里是混生活的地方,早晚还得回到乡里来,难不成你还能永远当个城里人?月月说:我就是想当城里人哩。婆婆开口就骂:你就不要羞你家的先人了!就你这能

125

耐,你还能当上城里人?你要是真当上了城里人,我就把你的家当双手送给你。

月月只好说:我攒的钱就快能买到金兰住的那样的房子哩,不信你哪天进城,我带你去看金兰的新房,一看你就知道了。婆婆十分诧异地看着月月,像是不认识这个儿媳妇一样,愣了半天,破口就骂:你说啥,你要在城里买房?你还能得不得了哩,我看你是没安好心,你是实打实不想回这个家了。你是不是在外面有了野男人?你这有娘养没娘教的,你既然有钱,为啥就一分都舍不得给我?你不给我养老也就算了,你生的孩子我还给你养着哩。你看今年的天,旱了整整三个月了,这是老天爷要收人哩,咋不把你这没良心的收了去哩,你的良心到底是给狗吃了还是给狼吃了……

骂完月月又骂儿子,婆婆呼天抢地哭了起来,吓得月月的小女儿抱着月月的腿大哭,月月自己也哭了。她本来不想哭,看到婆婆和女儿哭,自己跟着就哭起来了,惹得邻居们跑来看热闹,七嘴八舌说啥的都有。

没拿到户口本,月月只好先回城里来。她把自己藏在靴筒中的钱全部拿出来数了一下,离三万元不远了。她后悔告诉婆婆自己有钱,她害怕自己的钱藏不住了。因为没有身份证,月月不能把钱存在银行里。往雨靴中藏钱,还是金兰教给她的办法,金兰说:越是破烂越是不起眼的地方,就越是安全。你不看有些有钱人家，箱子柜子上挂着锁头，要紧的东西就锁在里面。谁都知道锁子锁子，锁住君子，锁不住小人。咱们这些啃街道度生活的人，有俩钱就放家里和破铜烂铁放在一起，谁会想到进你这样的屋子找钱呢？月月抱着藏钱的雨靴，一晚上没睡着，她左看右看，小屋子真是找不出个更不起眼的地方了。天明之后，她只好又把雨靴塞进床底下了。

眼看学校报名还有一天时间了，月月硬着头皮又回了趟乡下。小女儿这回不愿意跟她回去，说害怕奶奶哭，害怕奶奶骂。月月只好留她一个人在出租屋。月月给女儿买了新书包，小人儿喜欢书包上印的美羊羊，抱在怀里不丢手，喜滋滋地在家一个人玩。月月专门给婆婆买了两斤鸡蛋糕，拿了二百块钱。用金兰的话说，就是把婆婆巴结巴结，说不定就把户口本给她拿出来了。可是回去一看，婆婆不在家，门上挂着锁。邻居告诉月月，她婆婆一早送大孙女去学校，还没回来。月月坐在自家门口的青石台阶上等婆婆。大女儿放学回来，告诉妈妈，奶奶进城去给妈妈送户口本了。月月喜出望外，把手里拎的东西交给大女儿，兴冲冲回城去了。

一来一回近五公里路，月月走得有些吃力。她觉得自己近来胖多了，一天到晚坐在菜摊边，不大活动，肉都长在肚子和大腿上了。天气又热，是那种潮乎乎的闷热，不像前几天那样干燥，好像是要下雨的样子。路过窄窄的翻水桥，月月在心里念叨,老天爷呀老天爷,暂时不要下雨,等我给孩子报上名再下吧。要不等下雨涨了河,我就回不来了。想想不久的将来,自己能在城里拥有一个家,就再也不怕这一涨水就过不去的青泥河了。月月心里就高兴,一高兴就想走快点。可是天气太热了,她的裤子裹在汗湿的大腿上,一点都走不快。

月月和婆婆没见上面,但户口本真是给她送来了。小女儿告诉月月,奶奶拿了本本来,换了钱钱才去。月月问女儿,到哪儿换的钱钱?女儿颇为得意地指了指地上躺着的黑色雨靴,说是她钻到床底下去给奶奶取出来的,她早就知道,妈妈的钱钱都藏在那里面,现在换来了给自己报名的本本,自己明天就能背上美羊羊书包上学去了。

月月捡起地上的雨靴,不相信似的,伸手进去摸了摸,靴筒里空空如也,一分钱都没有,城里的家转眼就没了。扔掉雨靴,月月疯了一样地抓住女儿,巴掌在女儿头上脸上狠命抽打,就像小时候舅妈打她一样,就像前几年她男人打她一样。月月忘记了自己是在打女儿,她觉得是在打自己的舅妈,打自己的男人,打那些小时候欺负过她的同学和自己这半辈子遇到过的坏人。她的手越来越用力,打得越来越响,打得越来越入迷。一声撕心裂肺的号哭惊醒了月月,她低头一看,小女儿在自己的手底下满脸是血。她下意识地狠劲一推,像把什么吓人的东西推开了一样。女儿从她的手里飞出去,撞倒了屋子中间的铁煤炉。煤灰呼啦啦扑上来，钻了月月满眼，鼻子也被煤灰塞住了，眼泪和鼻涕糊了月月一脸。

月月一屁股坐在地上，任由泪水和鼻涕在脸上糊着，也不擦一把；任由女儿跌在一旁哭，也不拉一把。就这样坐了很长时间，门外的天空渐渐地暗了下来。下雨了，雨丝有一搭没一搭地下着，下得有气无力。渐渐地，月月听到女儿不哭了，怕她睡着在地板上受凉，只好抱她起来。小人儿软得像一团面，小眼睛小嘴巴紧闭着，已经昏过去了。月月慌忙去掐女儿的人中，她记得大女儿小时候也昏倒过一次，是婆婆掐人中给掐醒的。也许是月月手上的劲太大，女儿的人中被她掐破了皮，但这小人儿却再没有醒过来，就那样软软地躺在妈妈怀里。

坐在地上的月月觉得自己身上一阵热一阵冷，热的时候满身大汗，内里五脏六腑都呼啦一下像烧着了，烧心燎肺的，一口热气从嘴里呼出来，立马就觉得嗓子眼儿、鼻孔、嘴皮、眼珠子，都像被滚油泼了一遍；冷起来就像被急雨浇了个湿透，冰冰凉凉、湿淋淋的衣服在身上越裹越紧，一股逼得人生疼的冷气直往肉里面钻，直往月月刚刚被火烧过的五脏六腑里钻。月月的嘴巴里一边往出哈热气，一边又往进吸冷气。她受不了忽热忽冷的折磨，她想闭住嘴巴，可是不听话的上牙和下牙却安静不下来，它们异常活跃地相互叩击，嗒嗒有声，甚至把月月的舌尖都弄破了，满嘴血腥味。

等到又一次要灼烧起来的时候,月月抱着孩子一头扎进门外的雨中。雨不再像刚开始下时那样有气无力,而是很有暴雨的模样和气势了——雨线攒集,雨帘密不透风,在天地间铺开一张无边无际的雨网,把月月和她怀里的孩子罩在其中。有了这张网,月月感觉到很安全。她没有在大雨中跌倒,她也没有在大雨中迷路。闪电破空而来,雷声炸裂,可是月月一点都不觉得害怕。穿过风匣弄的时候,她在自己白天摆摊的地方站了站,那儿已经是汪洋一片了。她跌跌撞撞地来到金兰家门口,低头看看怀里不再说话的孩子,终究没敢敲人家的门。她走到农贸市场,白天人声鼎沸的市场,在夜雨中却是一团黑乎乎的清冷,没有一扇门窗是打开的。街上所有铺子的门都紧闭着,连一丝光都不曾透出来。

能走到哪里去呢?月月心里想。这就是她喜欢的城里,可是哪里都不是她能去的地方。一辆飞驰而过的汽车,把地面上的积水溅起,积水带着响声甩在月月的身上,她才觉得心里平静了一些。她心里只有一个念头,就是她什么都没有了。

爱她的母亲没有了。

不爱她的父亲没有了。

打她骂她折磨她的男人没有了。

自己最爱的小女儿没有了。

就连她想要在城里买房子的钱,也没有了。

她就只有她自己。

她自己又不爱她。

人人都不爱她。又一阵焦渴和灼热袭来,月月张开嘴,想吞一口裹着她的雨帘,但是一阵风把帘子吹卷起来。月月实在是渴得受不了了,她想起小时候在青泥河边趴着看河水的情景,她知道自己应该去哪儿了。

月月加快了步子。她终于来到青泥河窄窄的翻水桥上,河水漫过桥面,哗啦啦地唱着歌。月月走累了,她在桥上坐了一会儿,然后慢慢躺下来,小孩儿那软软的身子紧紧贴在她的胸前。河水从月月的耳朵边流过,她尽可以美美地喝上一气,可是月月渐渐觉得身上不再像先前那样热了,她也就懒得再张一张口了。

叮 当

　　刀子已经磨得飞快。我仔细地擦干净刀子上的水渍，捏住左腿上一根细细的汗毛，只轻轻一挥，汗毛瞬间一分为二，半截在我手里，半截挺立在腿上。哈，真是快意。我没有舍得丢掉手中约一厘米长的腿毛，而是把它凑近眼前仔细端详：软软的，嫩芽儿一样，颜色发黄，靠近根部的地方才有一点发黑。这不是我理想中的腿毛，我理想中的应该是又粗又黑而且发硬的那种，就像我父亲的那样，乌压压黑成两根漆过的木橼。夏天我光屁股坐在他腿上，总是被那些腿毛弄得痒得受不了。往往笑得我差点背过气去，然而父亲每次都要把我逗弄够了才肯放下来。他喊我"狗崽"，直到我喊他"狗爸"了才放手。那时我就想，总有一天我也要长这样的两腿黑毛，逗弄我的娃崽。可是天光是那样长，日子是那样慢。我都煎熬了上千个日日夜夜，却还是没有长大到像父亲那样。

　　我又想起我的父亲来，那个我眼中真正的汉子，那个长着络腮胡子,满腿黑毛的父亲。我已经快十年没见过他了,就是再过十年也见不上,他已经化成黑泥,长成坟头的柳树了。

但我没有忘了他,一天都没有忘过。就像此刻,我满心满肺记挂的就是他。我把锋利的刀片在阳光下转来转去,总算找了个好的角度,将一束光聚在刀刃上,然后又反射出去。我用刀刃的反射出的光在对面的山坡上寻找父亲。几乎不用费多大劲,我就把光亮聚在了父亲的柳树上。柳叶已经开始发黄了,秋蝉依然欢快地叫成一片,它们不知道我心底的忧伤,只管疯叫。这让我着实烦躁,不由得抓起脚边的一枚鹅卵石,狠命朝刀光的方向砸去,石头还没有到柳树的跟前,就坠落在那一束光柱中了。

我脚下是流淌了不知多少年的黑河水,我从小在黑河边长大。面对黑河,我有很多弄不明白的问题。我不知道黑河为啥并不黑,不知道父亲为啥会那么快就死了,不知道母亲为啥要给我找后爸,更不知道她为啥有后爸了还和货郎鬼混在一起……

每天傍晚,我都到黑河边,揣着我用三十本小人书换来的腰刀,在河边磨刀。河边有块天然油石,早已被磨得发亮,我的刀子也已经飞快,但还不到用的时候。我是为那个该死的货郎磨刀,总有一天,我要把它插进货郎的身体里,我得眼看着货郎的鲜血汩汩流出,我要用它洗刷货郎带给父亲和我的耻辱。

我闭上眼睛就能看到血从身体里流出来的情景,嗅到鲜血的腥味，浓得令人窒息的血腥味。这都是我亲眼见过的，在我父亲身上发生过的情景。

那一年，我快过五岁生日的时候，父亲说要在我生日那天给我买个"叮当"。那是一种玻璃做的玩具，透明的，唢呐样儿，末端有个吹孔，嘴巴凑上去轻轻一吹，就叮叮当当地响了。我一直想有个叮当，只有货郎的担子里才有它。我曾经跟着货郎转悠了整个村庄，只是想摸一摸叮当。但那个当年吝啬，现在该死的货郎却连看都没让我多看一眼。他把叮当藏在一堆花花绿绿的丝线里面。一下午的时间，也就村东头的支书给孙女买了一个，因为没有几户人家能买得起。那时一个叮当的价钱相当于三斤盐。

父亲居然要给我买叮当了，那天我心甘情地愿地被父亲放在腿上逗弄了半天，然后我们找到货郎买了个叮当。那一夜，我着实兴奋了一阵子，在油灯下端详叮当，那个像唢呐一样的玩意儿。我忍不住吹一下，再吹一下，叮叮当当，的确好玩极了。母亲让我轻轻放下玩具睡觉，说那玩意儿最容易碎了，没听老人常说看那啥东西脆得跟叮当一样。说着还白了父亲一眼，责怪道：你呀你，给娃买啥不好，买那贵玩意儿，三斤盐钱哪！父亲却大笑起来，说：我少吃点不就得了，只要娃喜欢。并当着我的面用胡子扎母亲的脸，被母亲一巴掌打了回去。

那是我最快乐的一个生日，也是最后一次过生日。从那以后，我就再没过过生日了，更不要说有人给我买玩具的生日。

也就是那个生日的第二天，父亲被民兵队长带的人抓走了。他们把我父亲关了起来，说父亲是破坏社会主义生产的罪魁祸首。他们让父亲白天干活儿，夜里挨批，不准回家，不准睡觉。一个月后，我母亲被通知去大队部看斗争父亲，母亲带上了我。在大队部的三间瓦房里，他们把父亲吊在房梁上。水桶里泡着两根麻绳，十几个民兵轮流用麻绳抽父亲。父亲不喊一声疼，开口就骂"狗日的"，每骂一声，绳子下去就更狠一点。母亲哭着喊支书教给她的话：他大，你就说句软话，求人家饶了你啊。难道你眼里就没有我们娘儿俩？父亲声音更大了：臭婆娘，不准多嘴，我一个硬邦邦的汉子还能说软话！支书恼了，亲自拿绳上去，嘴里骂着：我叫你硬邦、叫你硬邦。手上的绳子呼呼作响。我看见父亲的衣裳变成了破布片，脊背上的肌肉由红变紫，血一股股地渗出来了。母亲扔下我哭着跑了出去，我在人群中拼命挤，我要上去咬那个饿狼一样的支书。可是没有人给我让路，我感到一双手把我捉住，从人群中退出去了。我气急了，抓住那只捉着我的胳膊狠劲咬了一口，抱我的人疼得叫出了声，却不放手。一直到把我送回家去，放下地后，我才看清是那个卖叮当的货郎。

第二天，父亲死了。支书说父亲是畏罪自杀，一头碰死了。直到几年以后，我才知道父亲是绳子断了从房梁上掉了下来，撞在铁桶上流血而死的。我最后一次见父亲,父亲已经躺在一口薄棺里,脸色苍白,额头上有一个很大的口子,张着血红的嘴巴。我嗅到浓郁的血腥味,它使我把刚吃进肚中的白菜全吐了出来。从那以后,我就不再吃白菜了,我忘不了父亲身上的血腥味。

也是从那以后,母亲不再喊我的爷爷"大",张口就是这"老不死的"。母亲说正是这老不死的害死了自己的亲儿子。爷爷不说话,睁着什么也看不见的双眼默默流泪。

爷爷是个瞎子,我还没有出生的时候就是瞎子。后来我才知道,父亲的死是与爷爷有点关系的。在父亲被抓去的前几天,全大队组织社员在三道湾修梯田,说是上面要来领导检查,得挑灯夜战。上报的夜战规模是千人千灯,就为了凑一千盏灯的数,支书让我爷爷也上了战场。为了能按时参加,爷爷一早就提上马灯摸着上路了。短短的三道湾,爷爷整整走了一天,半路还跌进刺丛中,手脸被剐破了。到了领导视察的时候,父亲才发现爷爷也在队伍中装样子。天生犟脾气的父亲暴跳如雷,竟然把爷爷推到视察领导的面前,揭露支书的造假行为。领导批评支书工作华而不实,然后准许父亲将爷爷送回了家。

丢了脸的支书岂肯善罢甘休,回来后就想着法儿给父亲定罪,想教训教训父亲,谁知父亲竟然就这样死了。母亲夺过我手中的叮当,发狠扔到院子里。叮当碎了,母亲号啕大哭,边哭边骂：你个短命鬼啊，咋这么快就走了，你的命咋就跟叮当一样脆啊！

我从父亲死后就开始磨刀。我没有好刀，只有五分钱一把的铅笔刀。我把它在水缸边磨亮，悄悄揣在身上。我那时候是为狗日的支书磨刀。我经常在枕头上练刀，可是铅笔刀太小，根本扎不透这个小枕头，弄得枕头里的稻壳洒了一炕，还几次都弄破了我的手。母亲便打我，但我不哭。没有父亲了，我不再被人逗弄笑，我也不会轻易哭了。

等到我终于将一春天挖的柴胡在收购站换了钱，又在镇上的铁匠铺买回来一把像样的刀子时，狗日的支书却死了，是在埋雷管炸石头时被炸死的。我揣着刀子去看爆炸现场，那狗日的全没了人形，比父亲死的时候难看一百倍，就算我还想捅他一刀，可是那身上已经没有能下刀的地方了。

我爬到父亲坟头的柳树上，把刀子深深扎进树干，痛痛快快地哭了一场，我的眼泪竟然打落了满树的柳叶。那一年我十二岁，父亲死了已整整七年了。母亲给我找了后爸，一个我根本看不上眼的熊包后爸，还生了个妹子，不过我也不喜欢我妹子。

后爸没有我父亲那样结实的腿毛，也不会给我买玩具，甚至连话也不说，就知道干活儿，可是干活儿也经常遭母亲的责骂。照母亲的话说，他就是个站着走路的牲口。母亲经常让他在有月亮的晚上出去挑水，让他将那个能容七担水的大水缸挑满。我悄悄跟在后面，等他吭哧吭哧快到家的时候，我就找根树枝蘸上泥巴，往他身后的那只桶里一涮。嘿嘿，几次以后，水便浑了，当然他也发现了我。但他拿我没办法，他只有倒掉那只桶里的水，重新去挑，往往会把前边那只桶里的水也倒了——他没有好办法将两只重量不等的水桶挑上肩，他根本不知道可以将一桶水匀开挑回家，而是很笨地都倒掉重新去挑。我有时候提醒他，但他听不进去，我由此更看不起他，觉得世上再找不出他那么笨的人了。

　　遇上我兴致高的时候，我可以跟在他后边从水泉到家跑三趟，三趟都搅浑水。他就可怜了，一缸水得挑到后半夜去。那次我搅和了三趟以后，觉得他真是可怜，自己也没意思了。我跑回家去找吃的，一把推开柴门，却和一个人撞了个满怀。是那个卖叮当的货郎。他从怀里推开我，径直走了。我嗅到一股浓浓的旱烟味。我不知道他来我家有啥事，是母亲让捎了针头线脑的小物件吧，兴许还给我买了叮当。我高兴地跑去问母亲，可是母亲却说没有见货郎来啊。怎么会呢，我明明撞见了啊，母亲不像平常那么烦我，破天荒地用手抚摸我的脸蛋：想要叮当，叫你叔下次来时给你捎一个。我嗅到母亲手上也有股旱烟味，似乎明白了点啥。

　　从那以后，货郎就常来我家了，却总是趁着我和后爸不在的时候来，我们一回来他扭头就走。虽然他每次来都给我和妹妹带吃的和玩的，还给我的瞎子爷爷买了根龙头拐杖。但我并不喜欢他，遥想当年，要不是他在人群中使劲拉住我，那狗日的村支书一准要被我咬伤。虽然现在我明白他似乎是为我好，但这种好还是让我很烦。尤其是那夜在门口遇见他以后，我便更烦他了。可是妹妹似乎很喜欢他，我由此也瞧不起妹妹，一个只知馋嘴的毛丫头，一块糖果就能哄得她眉开眼笑。真是个贱胚子！真是像你的熊包爹！我狠狠地踩脏妹妹掉在地上的糖纸，骂她。妹妹嘴一咧，哭了，我赶紧溜掉，免去母亲一顿数落。

自从没有了父亲，我便什么都不爱了，就连那些曾经让我非常迷恋的小人书，我都懒得再看。母亲领我去村小学报名上一年级的那年，我已经快十岁了。我是班上最大的学生，个头也最高。带我们的是一位很漂亮的女老师，很多学生都喜欢她，但我不喜欢。就因为她总是笑笑的，我不清楚她为啥总那么高兴。在这世上，真有什么高兴的事情能让人整天都笑吗？我不相信，所以我不喜欢她。因此我也不好好学习，所以我每次都考不及格。女老师曾经花那么多的工夫给我补课，给我说只要多读书就能做人上人。我问她：多读书能当村支书吗？她说做村支书没有啥了不起啊。这让我很失望，我认为她没见过世面，不知道村支书的威力，所以我才不会听她的道理。我只盼长大，只是天光太长，日子太慢，很多事没等到我长大就有了结果，很多人没等到我长大就死去了。

三年级的时候，同班的狗剩他爸成了新支书。狗剩在同学中说话的声音都大了一截子。我看不惯狗剩的张狂，放学路上狠狠教训了他一顿，只三个老拳就打得他鼻血直流。狗剩也真是仗着他爸的势，居然敢还嘴骂我，还骂我是杂种，骂我的后爸是骡子，并且说出我一辈子都忘不了的话：你妈就是个婊子，专门给货郎卖的，你妹子就是货郎的野种，你还高兴啥哩……我的血一下都冲到头上来了。我得要了狗剩的命！一大帮围观的同学都向着他，他们拉住我，白白让狗剩跑了。

我骑到狗剩家屋后的大柿子树上，把那些火红的柿子连着叶子摘下来，发狠往他家的屋顶上扔。一棵树上摘完再换到另一棵树上，满地都是滚落的柿子。我终于爬到最高最粗的一根枝干上，足足有我的腰那么粗，斜伸出去四五米，都到黑河河面上了。因为树太高，河里的鹅卵石看不太清楚，但河那边山坡上的父亲的柳树却看得真切。早已没有了树叶的秃柳，枝条就像是一根根鞭子，抽得我脸颊生疼。父亲要真是柳树的话，明年就不会再发芽，气都要气死了啊！

母亲被人从锅台上拉来，两手沾满了苦荞面粉，站在树下高声哭骂：活先人！你想死啊。这还不是你死的地方，你咋就跟你那犟牛老子一样啊，我这是哪辈子欠你们父子的了。天爷爷啊，这谁造的孽啊！我低头看她一眼，真想就这样掉下去死在她面前。这不要脸的女人！这不要脸的母亲！竟敢当着大家的面抬出我老子来，她对得住我老子吗？我继续摘柿子扔柿子，只听啪一声，一个早熟的软柿子跌落下去，恰恰打在骂我的母亲头上。母亲暴怒，跳着脚吼起来：你这该死的，你长本事啦，敢打你妈了？天地良心，那个软柿子不是我扔下去的，是自己掉的。我是恨她，可一个软柿子解不了我的恨。但我并不解释，我看着柿子的汁液缓慢地从她的头发间滑落，一大部分流到额头和鼻梁上去，像极了鲜血，像极了当年父亲死去的模样。我心的心瞬间软了下来，乖乖地从树上爬下，一头扑进母亲怀里，哭了。母亲依然骂我，边骂边哭，她腾不出手来打我。我在母亲怀里嗅到一股非常熟悉的味道，旱烟的味道，是那个货郎身上的味道。我抽身出来，在母亲的叫骂中跑掉了。

那天晚上，我没有回家。但我也没有走远，我就躲在屋后生产队的麦草垛里。夜色弥漫村庄的时候，我听见母亲的呼唤，但我不想答应，我恨她！虽然我肚子很饿，母亲烙饼的香味都飘进鼻子里了，但我还是不想回去，我恨她！后来我便睡着了，因为冷，我缩成一团。睡梦中，有人抱起我，进屋放到了炕头。放下的一刻，我在迷糊中又嗅到了旱烟味，第二天才明白是货郎在半夜里找到我的。母亲说：要不是货郎，你早喂狼了。我在心里冷笑一声，喂狼我才不怕哩，那货郎才是狼，豺狼。

第二天，我便不再上学了。母亲打我我也不去，我不想看

141

狗剩幸灾乐祸的眼神和一脸坏笑。母亲因为我的举动付出了代价，用两百个工分赔偿了生产队的一树柿子，又让货郎把我家的屋瓦揭下来换在狗剩家房上，事情才算平息。这就意味着我们一家五口将半年没有口粮了。天也渐渐冷了，屋顶到处缺瓦，寒风呼呼地刮进来，甚至早霜也能从漏洞中扑簌簌滑落。但我不管这些，我不怕冻，我只管自己吃饱。后来大概还是那个货郎，他用不知从哪儿弄来的苇秆补好了屋顶。补就补吧，他自己愿意的，我并不领情。

　　学校里所有的孩子都可以嘲笑我，骂我是骡子的儿子，或者干脆就叫我驴。开始我还会还击他们，拿石块追打。可是我越打，他们欺负我越是厉害。后来我懒得理他们了，任他们挑衅，并不回应。但我永远离开了学校，我本来就厌烦那个地方，只有漂亮的女老师还惦记着我，来找过我母亲几次，意思是要我复学，但我已经听不进去母亲的话了。

　　母亲从此却光明正大地和货郎勾搭在一起，全然不把我放在眼里，更不把后爸放在眼里。后爸也真是个熊包，每当货郎来我家，他就埋头出去干活儿，母亲和货郎有说有笑的就像一家人。货郎常常学我父亲当年的样子，说着话的时候把没有胡须的脸凑近母亲，母亲照例装作要打他。这让我几近崩溃。

　　我把所有的小人书拿出来到镇上的铁匠铺去，想用它换把刀，比我小时候常磨的那把还要好点的刀。可是那满脸麻子的铁匠却不肯做这个交易,他要现钱。去过几次后,镇上好多人都知道我用书换刀的事,终于有个一头鬈发的小伙子和我谈成了,拿走了我三十本最好的小人书,给了我一把正宗的腰刀。小伙子是个藏民,他教了我几招用刀的方法。

磨刀成了我最爱干的活儿。我给家里打完猪草,混饱了肚子,剩下的事情就是磨刀。我在黑河边磨我的刀,刀子一天比一天亮。我喜欢看刀片反射出去的太阳光,像剑,可以无限延长,想刺向哪里就能刺向哪里。我在很远的地方无数次地用光剑刺过那个货郎,刺过我的妹妹。自从狗剩说过那话以后,我仔细地看过妹妹的面孔,真是和货郎一个样。尤其嘴角的黑痣,居然和货郎的长在一个地方。还有我的母亲,再就是被人骂作骡子的后爸。我在心里给自己说,总有一天,我要让你们尝到我的厉害,我要让父亲知道我是他真正的儿子,我要给他洗刷身后的侮辱和羞耻。

有月亮的晚上,大概后爸又去挑水了,我藏在矮墙跟下,反反复复看我的刀,利刃在夜色中闪着寒光,冰凉、清冷。我注意大门的动静,我盼望货郎出现。我觉得自己已经等不及长大,我必须提前动手。

母亲站在大门口,眼睛里透着幽幽的蓝光。她看见了我,一步步朝我走来。我握紧刀子,直直地瞪着她。我心里想,她要是打我,我就先在她身上试试刀。可是母亲站在我面前,哭了。她的眼泪就像黑河水,话却像河底的石头,东一个,西一个,摸着光溜溜的,砸在脚上生疼。恩恩,妈知道你想你爸,妈也想。只是你爸他不管我们的死活了。货郎他管,他有钱啊。你一张嘴就知道吃,吃的是货郎的啊。你瞎爷都沾人家的光。你要有本事养家也好,你没本事啊,你就甭逞能,等你长大了你就知道妈的难处了。妈给你求个情,给你求个情啊……

我收了刀子。但我也没给母亲好看,我冲她喊:要是再让我看见他,就有他好受的!

货郎被我的话吓着了,好久好久都没有来过了。

我依然在黑河边磨刀子,刀铮亮依旧。很多日子过去,黑河水却不再清亮,变成一幅灰灰的布,涩涩地、缓慢地流淌,就像我一直明亮不起来的心情。很多陌生人来到村里,在父亲的山坡上放炮,炸开很多山洞,拉出来的矿石整个村庄都堆不下。一些人一夜暴富,一些人一夜破产,还有一些人把命丢在了山上。那些死在山上的采矿的人,我觉得是让父亲把魂勾去了。谁让他们弄出那么惊天动地的响声,还让不让父亲安睡啊。

我突发奇想,父亲要是泉下有知,就应该勾了货郎的魂去,父亲应该帮助我的。可是那该死的货郎,如今跑到哪儿去了,没有人告诉我。我的刀慢慢地不锋利了,我用它在随便哪棵树上胡乱削砍。我把"货郎"两个字深深地刻在树干上,又狠命地把它刮下来,我想象树皮就是货郎的脸、胳膊、腿,我一边刮他,一边感到快意，甚至大声地笑了出来。

爷爷这时候不行了，快咽气的时候留我在跟前说了半夜的话，爷爷说他虽然眼睛看不见，但心里明亮。他说没有货郎的接济就没有这一家人的活路，说我的后爸是当年村支书给母亲硬派给的五保户，是一个傻瓜，是为了解决村上的困难。是货郎养活着这一家老小。爷爷要求我不要难为货郎，不要干傻事，他还指望我给他顶门立户哩。我看着爷爷有气出没气进的难受样子，只有点头答应了下来。

我从爷爷的话里感觉到货郎有可能再回来。

果然，第二年春暖花开的时候，货郎又来了。我虽然不想杀他，但我也不理他。这回货郎没有挑他的担子，而是在镇上开了间杂货铺。镇子因为开矿一下子多出很多人来。他们大多说着听不懂的外地话，却都很有钱，不管啥物件往货摊上一摆，总有人来讨价还价，一番忖量后做成买卖。那货郎看起来比别人经验多，摆放的货物又品种齐全，价钱比同行略低，生意自然比别人好。

我躲在不远处看他每天在街上摆摊做生意。我尤其注意他货摊上的叮当，那个我小时候最爱的玩具。可是不知怎么回事，并没有多少孩子想要买它，倒是那些装电池的洋玩意儿惹孩子们喜欢。我知道自己不是孩子了，我腿上的汗毛变粗变硬，胡子拉碴的。但我依然喜欢叮当，总是想起父亲。母亲说她一个人干不完承包地的庄稼活儿，她要我和后爸都下地去。后爸干活儿还不如我有劲，但我不愿意干。我也去矿上碰运气。我眼见有穷光蛋在矿山上熬上几个月就暴富，我想试试自己的运气。我倒霉了半辈子，总得有个见天日的时候吧。

最早我在矿上给老板跑运输，两年后有了积蓄，但想自己干还是本钱不够，母亲悄无声息地拿来一个信封，里面装着厚厚一沓子钱，说是地里庄稼换的。我把它都投进自己的矿洞里。我知道庄稼人的苦，但我用母亲的苦钱一点都不心疼，我只是觉得解气。也是苍天有眼，八个月的冒险开采，开出一条白花花的银子路。一夜之间，我就做了矿老板。有钱的感觉真好，村子里没人看不起我了，就连狗剩他爸，那个已经驼背的支书也赔着笑脸给我说话，让我带狗剩也去矿上挣钱。他当然被我拒绝了，带谁都不可能带他。我记着当年他骂我的话，更讨厌他爸是个支书。我给母亲还了钱，母亲半明半暗地说那是货郎当初资助的。我二话没说，支了那钱两倍的数目给母亲。这让我心中不快了好长时间，该死的货郎！阴魂不散地掺和我们家的事情，我咋就总摆不脱啊。想想当时我急用钱的窘态，只好咽下这不快。这世道，一分钱难倒英雄汉哪！

有时间的时候，我爱在镇子上胡转悠。镇子一天天繁华起来，小商贩们大多鸟枪换炮，摊点做成了超市。我看他们做生意，看谁家店铺里的姑娘俏。姑娘们都胆大得很，她们并不怕和我随便打情骂俏。我是照顾她们生意的爷，没人愿意得罪我。只有货郎还守着个小摊点，我冷眼看着他坐在自己的摊前，呼吸尘土、抽旱烟、咳嗽，一天天老了。似乎这几年他也不和母亲往来，彼此像陌生人。这总算让我有了点面子，也让我稍稍心安。我就是要让他看看，我父亲的儿子如今能行了，能挣大钱养家，再不要他厚颜无耻的帮助了。

母亲现在不大敢和我说话，总是看没人的时候，小心翼翼地问我的吃喝穿戴。当然，我已经不用她管了，但她总有意无意地说谁家的儿子还没我大都抱上娃崽了，说我妹子后半年就要嫁人了。我明白母亲的意思，无非是催我娶媳妇。其实我并不缺女人，我就怕女人管我。我有自己的主意，等我逍遥够了再成家都不迟，只要我继续挣钱，想给我生崽的女人多的是。

就说街头刁家的二姑娘，也就陪我进过几回城，上过几次床，现在是死活要嫁给我，给多少钱都不退步，缠得我头都大了。这天夜里，我们在镇文化中心的戏台后面吵了一架。我睡不着，爬到戏台顶上看月亮。她竟也跟了上来，一声不吭地陪着。到后半夜，下雨了。我让她回去，她就是不肯，我们只好一起躲到戏台上。谁知雨越下越大，我一时兴起，将她按倒在地上，美美地快活了一番，才觉得累了，干脆在地上睡了过去。

一觉醒来，眼前的景象像噩梦一样——整条街被大水包围着。山洪暴发，在大家熟睡的时候悄悄袭击了镇子和村庄。我一把拉起身边的她，飞快地爬到戏台顶上。在高处才看了个真切，洪水裹挟着石头和圆木横冲直撞，街道两旁的店铺无一幸免。卷闸门被冲毁，一堵堵砖墙顷刻间被水卷走，惊慌失措逃出来的人往能看见的高地上奔跑，也有不辨方向的人四处乱窜，到处是凄厉的哭喊声。我跟前的女人突然发狂一般冲下戏台，想要去看她家里的情况。我死命地拽着她不让去，在这儿就能看见大水已经淹过她家的大门了。我安慰她说只要家里人都上了楼顶就不会有事。看她还不听话，我只好大声喊：姑奶奶，你只要不下去，明天我就娶你做老婆。她这才稍微安静一点。可是更可怕的事情发生了，只见她家屋后的大山滑坡，一瞬间将两层楼房推倒。我惊呼一声，还没反应过来，她已经晕倒在我怀里了。

大水退去，我跌跌撞撞抱着她找了个安全的地方，让人给看着，我得回去看看我母亲。蹚过浑浊的泥水，曾经的家已经面目全非。母亲坐在断壁前的石头上放声痛哭，邻居们围作一团，怎么也劝不住。看见我来，大家让开路，几个长辈责怪我昨晚干吗去了，留下老人在家里，要不是货郎来搭救，我母亲和妹子可就都没命了。我拉母亲，可她还是不起来，只管哭，嘴里还数落着：你这苦命的人啊，上辈子欠下这一家的，这一回可就还上了啊。说完，她又转过来对着我喊：孽障啊，这回给你把账还清了，再不碍你的眼了啊……

我听得不明就里，邻居们窃窃议论，原来是货郎救了我母亲、妹子和后爸，自己被水卷走了。真是天大的玩笑，我不能相信，我也不愿意相信。我这个浑蛋，我当时干啥去了，我不要他当英雄啊！我现在能行了，我是我父亲的儿子，我咋就没有保护好他们啊！要是我当时在，我也能救下他。我宁可他欠我的救命之恩，也不能让自己觉得亏欠啊！

我一屁股坐在母亲身边，眼泪不由自主地流下来了，我在这一瞬间，原谅了货郎，承认他也是个男人，真正的男人，像我父亲一样的男人。可是这又有什么用，我就算肠子悔断也换不来货郎的命，不能安慰可怜的母亲和妹妹啊。

第二天，我去货郎曾经的货摊前站了好半天，已经分不清到底哪段是他的地盘，只有衣被缠绕在半壁墙角上，触目惊心。在被水冲得积了丈余高的木头堆上，我看见一个亮亮的东西，在雨后的阳光下闪闪发光。我爬到断壁上把它取了下来，是一个毫发未损的叮当，上面糊满了泥浆。我把它仔细地擦干净，轻轻一吹，响了。

我要带上叮当去见刁家二姑娘。这个平常日子里最易碎的小玩意儿，能在这么大的劫难中幸存。这也许是老天的有意安排，我得把它像自己的女人一样护着。

桃　叶

　　双碌碡是祖先给村庄留下来的名字，没有任何寓意，但具体并且形象。

　　碌碡是一种古老的农具。在没有脱粒机和收割机之前打麦场上用来碾麦的粗石，矮而壮，虽然是经过錾子打磨过的，但新制成的碌碡往往通体石棱，不是光滑滚圆的那种。而村庄的古槐树下立着的两个碌碡明显是经过不知多少代人使用之后的模样，青黑发亮，似乎带着点灵气。又因为是一对，村庄便因此得名：双碌碡。

　　双碌碡地处高寒地区，常年阴湿，两年三熟的几茬庄稼，总有一茬是要覆着塑料地膜才能成熟得彻底。眼下正是种地膜玉米的时节，山下的梨花已然铺天盖地，这里的却正待含香吐蕊。正应了家乡俗语：高一丈不一样。

　　略略带点寒意的山风吹乱了桃叶刚洗的长发，一绺绺的发丝间隐约露出白白的脖颈来，顺风而来的是皂荚和白脖颈上的香气。果然是春天来了，哪儿都能嗅得到春的气息，也包括村庄里的人。

我就是在这时候见到桃叶的。

听到我喊她，桃叶笑着转过身来，手里还拿着刚刚用完的空皂荚。一瞬间让我感到似乎走进了老电影，黑褐色的皂荚在白皙的手指间仿佛只是个道具。用皂荚洗衣洗发是我从前在旧小说里读过的细节。现在我亲眼见到了，这个叫作桃叶的乡村女子就刚刚用皂荚洗过了自己乌黑的长发，以至让我在离她三五米远的地方就闻到了这种植物的天然香味，伴着这个十八九岁女子的笑靥，有着让人不舍的迷醉。

我在心里暗暗地笑了：难怪镇上的很多年轻干部都抢着要到这个叫双碌碡的高寒阴湿的村子里来驻队搞工作。敢情是冲着这么个美女来的。

穷乡僻壤，自然条件极差，上天的公平体现在村人俊朗秀美的容貌上。家乡有句俗语：高山出俊鹞。以俊美的鹞子比喻村人，真是一点都不假，不大的村庄，也就四五十户人家，各家都有一两个漂亮的孩子。虽说漂亮不能当饭吃，照样的粗茶淡饭，照样的敝衣旧衫，但人人看起来都很精神，彼此看着也顺眼顺心。

桃叶她爹——老中医周安曾坐在村口的碌碡上自豪地说，咱们村里为啥娃娃都长得好，是我们吃的水好。这话一点也不假。

村庄依山傍水，山就是红崖山，水就是白石河的水。山水的名字也和村庄的名字一样，那么随口一叫就定下来了。只有你上了山看见红红的石崖，下河来踩到白而光滑的鹅卵石，才能体会这名字的确切。

周安是村里识字最多的一个人。他会背《三字经》《百家姓》，会讲《二十四孝》，并且自学了中医，能给感冒头疼或者肚子疼等的小病开处方。处方签就是平日积攒的香烟盒子，反过来在上面写上柴胡十、当归十、金银花十等的字样，每一个字看起来都像草根。用他自己的话说，只有把草药写成它们自己的模样，那些草根草叶吃进人肚子里才愿意起作用。他自己开处方自己配药，药也是他亲自从深山采来的。处方虽说开了药的剂量，但抓药没有计量器，而是用他的因为很少干粗活儿而不至于变形的长长的手指捏上一撮，这样一撮那样一撮包在发黄的包装纸内，包管你回去吃上三顿五顿，便药到病除。村里人都说周安的名字也起得好，因为有了他，村里人才得以安安宁宁，远离大病小灾。不过乡亲们很少喊这个好名字，大家恭敬地喊他周大夫。

周安治病也有绝活儿，那就是治疗毒疮。将癞蛤蟆抓住沿嘴巴用刀切成两半，血淋淋地敷在毒疮上，每天一只，连用三天就好了。说是祖传的秘方，其实人人都知道，却人人都下不得手去，一来惧怕杀生的残忍，再则癞蛤蟆实在是个让人看着都恶心的东西，村子里能将那活物抓住且开刀的也只有周安了。不过非到万不得已，得了毒疮的人也是极不情愿用这样的方法治疗的，光是看着都心惊，再将那"药物"敷到身上，想想都会起鸡皮疙瘩。

独家手艺带给周安不同于村人的稍稍富裕的生活，他们家堂屋柱子周围挂的腊肉总要比别家多出两三倍的样子。其实他们家从来都不养猪，腊肉都是前来求医看病的人送的。周安的女人是个病身子，多年的气管炎。任凭周安怎样精心熬制的药汤都不能去掉病根，一到天冷的时候就止不住地咳，整夜不能睡觉，厉害的时候吵得邻居也不能安睡。

孩子们唱着民谣在村庄里撒欢：纺织娘，没衣裳；卖盐的，喝淡汤；木匠住的是柯杈房，大夫养的是病婆娘……然而每到周大夫家门口时便齐齐噤声，这是各自的爹娘特意叮嘱过的一件事。民谣的最后一句分明就是揭周安的短，不管有意还是无意，厚道的村人不愿意让周安听了心酸，便用唬人的话告诫孩子们：要是唱得周大夫生气了，下回肚子疼就不管你。

其实就连周安的独生女桃叶也是唱着这谣曲长大的，不过那时候她娘的病要比现在略轻点。周安和女人生下桃叶的时候已经快四十岁了，周安给自己和女人吃了十多年的中药，终于生下了宝贝女儿桃叶。其实女人始终认为桃叶是灵官庙里敬奉的送子娘娘赐予的，她背着丈夫给送子娘娘磕了不知多少的响头，上了不知多少的香钱哪。给女儿起名字的时候大约是想起得女的不易和吃药的苦楚，两口子同时联想到了桃叶的苦苦的滋味，于是就有了桃叶这个名儿。我曾经问过桃叶，知道江南的桃叶渡吗？知道东晋的王献之吗？知道在很早很早的时候也有个叫桃叶的女子，国色天香、备受宠爱吗？桃叶茫然地摇头，仿佛我说的是外语。

看着桃叶站在早春的山风中，双眸如泉，笑靥如花。我真想说怎么不给她起个名儿叫桃花呢？又是在春天里，即便不叫桃花也应该是朵别的什么惹人爱怜的花儿。桃叶大约感到我看她的目光有点久，不好意思地低下头，手里仍然扭绞着两瓣皂荚壳。

我是来登记本村育龄妇女的名单的，每一个名单后都要有本人签字。我把圆珠笔递给桃叶，她却羞涩地说不会写字，让我代写。我还真有些惊讶，看上去如此聪慧的一个人，竟是个睁眼瞎。村人虽然有重男轻女的思想，但那个当年旧庙改建现在盖了新校舍的村学里，还是有不少女孩子在里边念书呢。是不是桃叶该上学的年龄村里不兴女孩子念书？可是桃叶有点羡慕地说，屋后的春花和自己一般大，人家是上过学的，还会给她去当兵的对象写信呢！

桃叶说她爹打小就没打算让她念书。说念书是辛苦的事情，酷暑严寒的，学校哪有自家舒服？说爹认识的字能挣钱，够他们两代人吃饭穿衣用了。只是,只是,桃叶有点难为情地给我说,要是我也有了对象想写信可就得求人了,干部同志,到时候你给我帮这个忙行不?我带着满腹疑团答应了桃叶的请求。心里有种说不清的滋味,同时对周安这个面貌和善说话有条有理的乡村医生有了新的看法。按理说,他不该是个思想如此落后,观念如此陈旧的人啊。

和我一起在双碌碡驻村的小王听我叙述了和桃叶的对话,一开始笑得没心没肺,并问我是不是真的会给桃叶代写情书。后来看我生气了,这才认真地对这个脸蛋漂亮却脑中空空的女孩子表示了深深的同情。说实话,我真是觉得桃叶可怜,生在这样闭塞的山村,即便花容月貌,即便身外山水如画,即便内心情思如潮,可是她竟不会用文字来表达自己的感受。一切美好在她那儿被披上一层蒙昧的轻纱。这些,都是她那个溺爱孩子到不辨是非的爹造成的。

我暗地里留心观察周安。我看到他总是以一副深明大义的样子出现在村人面前,但凡谁家婆媳吵架或者两口子闹矛盾,要有周安这个识文断字的人在,总能一番说教后平息战火。久而久之,似乎大家还将周安看成村里的和事佬。四邻们都说人家周大夫就是有文化,说话做事讲理,看人家家里就从来不闹矛盾,有谁听见过他们家有吵闹声吗?没有,一年到头都没有。我由此又怀疑桃叶的话,她爹好像不是不明事理的人啊。小王说,要不我们去看看桃叶的娘，估计是那个常年窝在家里的病婆娘死脑筋不让桃叶读书也未可知。

借着上门送科技宣传资料的机会，我和小王走进周安家。桃叶的娘背靠枕头半躺在炕上，手里居然抱着厚厚的一本书，封面赫然题着《孟丽君》三个大字。原来在这不起眼的土屋里还有个正在读书的女人，而且是在桃叶家。真是太不可思议了，我和小王的猜测不攻自破。

桃叶的娘看上去衰老不堪，面容浮肿，说话上气不接下气，并且声音嘶哑。我简直怀疑桃叶是否她母亲的亲生？母女俩太不一样了，几乎一点相像的地方都没有。我们问到桃叶咋就没念过一天书呢，她娘用很怪异的目光打量了我和小王一会儿，慢悠悠地说桃叶打小身体不好，耽耽搁搁就没有送到学校去。虽说不认得字，人却聪明着呢，做饭做针线村里没人能赶上的。就这几句话的间歇，桃叶的娘喘息着咳嗽了好几回，胸膛里像拉风箱一样呼呼作响，让人听了很难受。屋子里弥漫着各种草药的味道，和这个生病的女人身上散发出来的落叶的味道混在一起，再加上她不说话时有点幽怨的眼神，让人感到不是在春天这个季节里，仿佛有谁把一段带着霉味的潮湿幽暗的暮秋锁进了房中。

坐了一会儿，我们看桃叶的娘说话那么吃力，觉得打扰一个病人是不妥当的，于是赶紧告辞出来。在院子里遇见周安，笑嘻嘻地回来了，看见我们要走，大声喊桃叶让送客。我赶紧说桃叶没在屋里，我们和她娘说了一会儿话。周安却沉下脸来，明显地不高兴了，瓮声瓮气地说，以后桃叶没在的时候不要来了，她娘的病是不敢劳累和费神的。我和小王悻悻出门，越发觉得周安怪怪的。小王嬉皮笑脸地说是不是周安看上他了，想让他给自己做乘龙快婿，我骂他癞蛤蟆想吃天鹅肉，他也不恼。一路上不住说的就是桃叶的长相、桃叶的身材，还有那长长的辫子，有着皂荚香味的。说着说着我们就都高兴了，我说我要是个男的也一定有讨她做老婆的想法，实在是个可人的尤物，只可惜了没有上过学啊。

听到桃叶相亲的消息，我特意奚落了小王一顿，看着他假装万分遗憾又痛心疾首的样子，我开玩笑说要不你去竞争一下？桃叶他爹要的可是上门女婿。小王若有所思地收起嬉笑，说他听人讲桃叶的亲事好像她爹娘的意见还不一致，虽说现在才在相亲阶段，却不知以后咋样呢。

果然到要谈婚论嫁的时候，周安和自己的女人因为桃叶的去留问题闹翻了。周安主张招赘上门女婿，女人坚持要桃叶嫁出去，而且相中的那家就在邻村，也不远，和在自家没啥两样。夫妻二人相持不下，最后找到镇上的民政办公室来。负责的人就是小王，他大约花了两天的时间给他们两口子做工作，但是问题依然没有解决，公说公有理婆说婆有道。事实上周安的考虑更有道理一些：独女、母病，而最要紧的是男方也很愿意倒插门。可是桃叶的那个娘万分倔强，不单将家里的户口本藏起来不让桃叶顺利领证，甚至以死相逼非要女儿嫁出去不可。我和小王背地里给桃叶的娘下了个明确的定义：变态！

第三次做工作的时候，桃叶的娘因为劳累和生气已经不能亲自到镇上来了。倒是周安一天来两趟，还领着桃叶。起先我们征求桃叶的意见，她一会儿说想留在家里，一会儿又说想嫁出去。说想留的时候是她爹在跟前，她不敢不顺着。隔天桃叶一个人来镇上。从她闪烁的眼神和说话中，我们能看出来她还是想嫁出去，她模模糊糊地说其实男方家很愿意她嫁过去呢。我对桃叶的心情表示理解，在乡下，没上过学的女孩子唯一能换个环境的办法就是嫁人，出嫁是个多么诱人的字眼！新的人、新的家、新的村庄、山水、花草树木等一切都极具吸引力，只要父母同意，大概没有哪个女孩儿家愿意把自己留在自己家里的。而对于男方来说，倒插门总是个令人不快的事情，是个让人背地里笑话的事情，得有多大的心理承受能力呢。桃叶对我的理解感激不尽，一再说让我们能不能再把她爹开导一下，即使她嫁到别处去了，也一定会照顾自己的父母的。虽然她不识字，但她知道《二十四孝》，知道她娘的脾气倔，万一真把娘气死了，那她还活啥？她说着说着竟然哭了。

桃叶走后，小王咂巴着嘴唇说：原来好看的女子哭起来也是好看的,梨花一枝春带雨啊,眼睁睁看桃叶伤心的样子,可惜我们无能为力喽。唉,这个小王,真不知道说他什么好了。我沉默了半天,小王抽掉了半盒烟,最后我们想了个办法,让周安夫妻二人分开给我们说说各自的心里话,这样工作就有处下手了。后来的事实证明我们的办法是实用而有效的,再后来我们看了中央电视台《小崔说事》的节目,一致认为小崔那点套人实话的心眼实在也是借鉴我们的经验,虽然我们认识小崔,小崔却不认识我们。

周安的单独采访还是那一套理由,毫无新意。但是我们在桃叶的娘那儿听到了惊人的事情内幕,当然这是在我和小王一再发誓不给村里的任何一个人说明真相的情况下。

病中的女人虚弱却言之凿凿:当年我嫁给周安的时候已经有了相好的,只因为父母贪图了周家的彩礼,于是阴差阳错。只是出嫁的时候怀上了相好的孩子,本来想要瞒天过海生下来,无奈周安是个大夫,根本瞒不过他的,后来真相大白。任我怎样苦苦哀求留下孩子,周安都是铁石心肠,卡着我的脖子灌下堕胎药,生生将一个五个月大的婴儿堕了胎。这还不罢休,硬是从我嘴里掏出了相好的名字,扬言要雇凶殴打,幸好我偷偷地给相好的写了信,托那沿乡叫卖的货郎捎了去,才免去一场打斗。但是这也让周安知道了,从此天天在我跟前骂那认得字会写字的女人,越发信了"女子无才便是德",也不让自己的女儿上学，亲手制造了个文盲。虽然后来我也想着安安心心和周安一起过日子，只是这个男人他心眼太小，他高兴的时候就没事，很像个男人和娃他爹的样子，只要心情不好就在家里折磨我，将我浑身上下掐得青紫，还不准出声。知道治不好的气管炎是咋得的？是有一年我实在觉得活不下去了喝农药自杀，又被他救下，用土办法洗胃的时候伤了气管落下的病根。在没有桃叶的那十几年里，真是觉得生不如死。后来生下桃叶才觉得活着还有点意义，和周安也不常吵架了，我也很少受他的摧残和折磨了。只是在这养孩子的近二十年里，天天心里想的就是自己走不出这个阴森森的家了，就一定让桃叶走出去，哪怕将来没人管我了自生自灭都能行。可是我犟不过这个心术不正的男人啊，你们谁都知道他是个善良人，是个救死扶伤的人，可是只有对我一点同情心都没有，他是个恶魔，是我的仇人啊……

伴着撕心裂肺的咳嗽和一阵阵的痰喘，桃叶的娘声泪俱下。小王和我目瞪口呆面面相觑，还真被吓着了。等她止住哭声，我们将她安慰了一番，害怕周安回来碰见我们，就匆匆地离开了。

两天后桃叶来镇上说她娘和她都想通了，不和她爹顶牛了，还是将对象招赘过来，也让两个大人将来有所依靠。这还真是个好消息，我估计桃叶的娘前天一番哭诉，将她心里的委屈释放过了一些，一定细细地想了一番，权衡了这件事情的利弊，这才松了口的。我和小王赶紧地给桃叶开了户籍证明，催促她尽快将男方的户籍证明拿过来在我们这儿办证。

又过了些时日，还不见桃叶来领证，捎话去问了问，原来就在她们家闹矛盾的时候，桃叶的对象却和别人订婚了，桃叶到现在还很伤心呢。也有人说是男的家听到了桃叶娘在周安那儿的遭遇而主动放弃了这门亲事。还有人说桃叶的娘做姑娘的时候就那么不检点，谁知道桃叶会怎样呢。这种种的猜测，无疑都与桃叶的娘那天给我和小王说的在心里窝了半辈子的话有关。但是，我发誓，我真的是给谁都没有说过。去问小王，他也是一脸无辜。那么，到底是谁将它散布了出去？难道我们谈话的那天有人在偷听？要不那就真见了鬼了。

我从双碌碡调回城里工作的时候，桃叶还没有找到对象，但依然那么漂亮，只是眼神不如先前那么亮了。她好像是迷上了做针线，天天坐在村口那两个古老的碌碡中间纳鞋垫，一双又一双，全是男式大码，也全是鸳鸯戏水的图案。

泉拜和石拜

　　泉拜和石拜是出了五服的堂兄弟，都姓周，都是家里的独苗，都是爹娘害怕养不活给找了拜大的孩子。泉拜的拜大是村西边的凉水泉，石拜的拜大是村东头的红崖山。但两个人不一样的地方却多了去了。虽说泉拜因水得名，但从长相到性格却丝毫与水不沾边，打小一张黑脸，一年四季像没洗过似的，脏兮兮布满油垢。身上的衣服也不常换洗。知道的人会说：这娃可怜，早早没了亲娘。不知道的人还以为他家缺水。

　　其实他家就在凉水泉边上。泉拜小的时候趴在泉边喝水还掉进过一米多深的泉水中，奇怪的是不识水性的他却在泉水里凫了一个小时，直到挑水的村里人发现了才给救上来。从那以后，泉拜的母亲每到过年的时候就要给凉水泉烧香磕头，年景好的时候还在泉边贴副对联，对联的内容年年都是一句话：敬拜水泉为父母；保佑孩儿福寿长。可惜的是泉拜不到十岁就死了亲娘。

自从他爹给他娶了后娘,也没人给凉水泉烧香磕头贴对联了,泉拜就再也不洗衣服不洗脸了。倒不是后娘心狠。他那个后娘进他家门的时候,泉拜的爹正能干着哩,承包了合作社的磨坊,是村里数一数二的殷实人家,后娘害怕他爹,就算心里不喜欢泉拜也不会明着对他怎么样的。

曾经有邻居说亲眼见过泉拜的后娘赶着要给泉拜换洗衣服,追得他满地跑还是不给脱下来。可见后娘还是有点样子的。只是后来又传出这样的笑话:说后娘使尽了法子想要泉拜喊她一声"娘",但无论威逼还是利诱,这孩子就像心里装了秤砣,咋都不开口。后娘最后在冬天里想了个高招:等泉拜上学走了之后,往自家院子通往公路的一截陡坡路上泼了三桶凉水,零下十几摄氏度的气温,不大一会儿工夫坡路上结了厚厚一层冰。后娘心说,看你今天回来滑跌地上时总要喊声"我的娘啊",那时候我再答应你。后娘望眼欲穿地等到泉拜放学,站在高高的台阶上看泉拜爬冰冻的陡坡,竖着耳朵等那一声"娘"。

果然泉拜被滑跌在地,但是后娘听到的却是"啊,我的拐拐(脚踝)"。从此娘儿俩互相伤了心,再也不和对方说话,泉拜好像把话都说给凉水泉听了,因为常听村子里有人说看见泉拜一个人待在水泉边嘟嘟囔囔,过年的时候还求爷爷告奶奶给水泉弄副对联,下联照写,只上联将父母两字改成亲娘,估计他是把水泉真认作自己亲娘了。直到泉拜娶媳妇和他爹分开过，倒是她媳妇常喊娘。当然这都是后话。

石拜因着亲爹亲娘的娇宠，过惯了好日子，自然不知道泉拜心里的苦楚。两个人玩斗蛐蛐，泉拜总是输给石拜。偶尔赢上石拜一回，石拜不服气，就揭泉拜的老底，大喊"我的拐拐"。泉拜不接招，掉头就走，将自己赢了石拜的蛐蛐在地上摔死，回去在自己的墙根下狠命搬石头，想要找个更大的蛐蛐。

泉拜娶媳妇的时候，石拜的爹娘给石拜也定下了亲事。两个人七前八后结了婚。村里人评价泉拜的媳妇是整个村子里压庄的，也就是说泉拜娶来的是个漂亮媳妇。尤其大家看过《秋菊打官司》的电影后，一致认为泉拜那像巩俐一样长着小虎牙的媳妇就是现实版的秋菊，好像比秋菊还要水嫩些，并且没有挺着大肚子，啥时候都是长腿细腰，走起路来如风摆杨柳。不过石拜的媳妇倒也差不到哪儿去，只是身材比泉拜媳妇矮点，照样长得五官端正，眉清目秀。总之，石拜是很满意的，他很不服气地说：都说我嫂子长得好，我看谁家的都没有我家巧巧好。石拜比泉拜小，自然喊泉拜媳妇嫂子。他自家的媳妇名字叫巧巧，石拜说这话的时候，巧巧就站在他身后，一张粉脸立马羞得通红，细看起来还真比泉拜家的媳妇温柔许多。

石拜在上高中的时候就看中了他现在的媳妇。和泉拜不同的是，他从小生得白净，鼻直口方，耳大垂肩。尤其一双细长的眼睛，还是双眼皮，笑起来眼角的细纹向上翘，像戏台上男扮女装的花旦。石拜的爹曾经在镇上给他看过相,算命先生说这孩子是做官的福相,要是生在新中国成立前,即使不做官也还能娶个三妻四妾的云云。

当年十二岁的石拜并不向往长大了做什么,他牢牢记住的就是算命先生说自己能娶几个老婆。后来在学校他年年都给自己占个媳妇,都是同班的最好看的姑娘。他因为家境略好些,衣着光鲜,时不时地还有吃零食的闲钱,所以班上很多男生都愿意跟上他混。石拜看上班里哪个女生了,只要他在课间十分钟站在讲台上一宣布,便有几个男生坏坏地朝着那个女生喊"嫂子",常常令全班哄堂大笑。每在这样的场合,总有一个奇怪的现象,那就是当场被指定的女生要是脸红或者哭了,那一准是喜欢石拜的。事实也证明,跟石拜好过的几个女生都是当时一副极不情愿的样子,当然这也包括后来他娶回家的媳妇。令人苦恼的是遇到那胆大泼辣的女生,就有石拜的好看了。女生敢当着全班同学的面和石拜论辈分,即使不沾边也得排个比他高一辈,村子就这么大,谁谁谁家的婶娘是谁谁谁家的姑姑,攀来扯去都算得上亲戚。这下就惨了,女生会高声骂石拜:亏你先人的,我是你姑姑啊,让我给你做媳妇,你娃怕要遭报应的!全班同学又是一场哄笑,从此石拜就得喊这个女生姑姑。这样的游戏和玩笑重复到上高中的时候,还真有个姑娘死心塌地喜欢上石拜了,这就是石拜现在的媳妇巧巧。

巧巧嫁给石拜，觉得自己是世界上最幸福的女人。小日子过得和美，脸上也常带着喜不自禁的微笑。连石拜那个很挑剔的娘也偶尔会在邻居跟前夸上那么两句，尤其是巧巧给石拜生了儿子，一家子更加喜气。石拜也会讨好媳妇，时不时地要当众人的面说自家媳妇的好处，得意忘形的时候甚至说他媳妇在床上是如何的对他百依百顺，这时候巧巧的脸上就挂不住了，瞪一眼石拜就赶紧离开。有一次又扯到这个话题上，巧巧正要走开，却被石拜死死抱住当众亲了一口。这回巧巧是哭着回去的。从那以后，巧巧就不敢和石拜同时在人多的时候露面，按她的话说就是，自家那个掌柜的是个愣的。愣在方言中有不着调不正经的意思。

又一回，一群年轻人聚在村头的红崖山下，晚饭后的光阴，夕阳照在红红的石山上，像燃起一团火。有人看石拜也在人群中，就问他：石拜，知道不知道这红崖山就是你拜大？

是的，咋？

那你喊你拜大啊！

拜大！拜大！拜大！

石拜扯着嗓子连喊了三声。回声远远地荡开来，听起来像乌鸦的叫声：哇……哇……哇……问话的人开始唬石拜：完蛋了，你拜大把你的三魂勾走了，你会七七四十九天都没力气的，看你晚上咋和媳妇睡觉哩？

一群人跟着起哄，石拜却跑到山跟前，对准红崖山狠狠撒了泡尿，边撒边回头喊：大家都快来看啊，我尿得这么高，谁还敢说我和媳妇睡不成觉！身后一片哄笑。正得意着，一抬头山上下来个人，石拜连裤子都没有提好就和来人碰了个照面，是个女人，还是泉拜的女人，村子里压庄的头等媳妇。石拜这下来了劲，问泉拜的女人：嫂子，你是不是把我啥都看见了？我要不好意思了啊。

谁知泉拜的女人却一点不怯，她笑得前仰后合，对着石拜说：谁稀罕看你那玩意儿，你以为就你自己有啊，我家泉拜的比你大哩！

哈哈哈，年轻人一通狂笑后，散了。就是石拜有点发愣，站着不走，看泉拜媳妇风摆杨柳的背影渐渐地远去，突然觉得难怪村里人说泉拜的媳妇是压庄的，人家那才是女人嘛，多有滋味啊。在外边都这么诱人的，不知在家里咋样侍候泉拜哩。真是的，这泉拜，从小没我的命好，难道娶了媳妇就要超过我吗？

泉拜的媳妇回去把刚才的玩笑给男人说了听，本想男人听了也要笑的。谁知泉拜却黑着脸对媳妇说：出了门就正经点！以后少和石拜搭话！女人这回不愿意了，就为正经不正经这句话和泉拜闹腾了好几天，要回娘家去。最后泉拜只得给媳妇认错，才算平息了下来。可是这一场闹腾，泉拜似乎有些害怕媳妇了。要知道泉拜这个媳妇娶得着实不容易，当年光给媳妇家八千元的彩礼，就让泉拜一筹莫展。好在爹毕竟是亲的，将家里的牛和猪都变卖了才凑齐，后来还把经营了多少年的磨坊从合作社买回来分给了他。

娶亲那天，爹就给他说要对媳妇好，咋样都不能亏了人家姑娘，只要将日子混着过下去，一年半载生个娃，人家的心就安在这个家里了。

泉拜听爹的话，还确实对媳妇好。饭桌上从不让媳妇给自己盛饭，而是自己给媳妇盛好端来。这在村里可是少见的。看看村里谁家不是媳妇站在男人后头等着给盛汤端饭，祖辈上就是这样传下来的。只有泉拜例外，他认为自己能违反祖训如此优待媳妇，那就是爱的表现。他是个不爱说话的人，可是媳妇爱说话，他常常停下手里的活计听媳妇说，偶尔露点笑容。可是媳妇并不领情。女人是邻村的，没嫁过来的时候其实是看不上泉拜的，只是娘家爹看好泉拜，认为泉拜的家底好，说没娘的孩子会疼人，说泉拜是个有脑筋的年轻人。另外一个说不出口的好处就是以后没有老人的负担，后娘本不来往，亲爹有后娘给生的儿子，你嫁过去就是轻轻松松的小家，日子好过。

只是泉拜结婚快三年了，眼看石拜的儿子都会在地上跑了。可自家的媳妇不想急着要孩子。媳妇说要先耍上几年再说，泉拜也依了她。于是他们家在乡计生站领安全套的次数最多，慢慢地村里的小伙子都知道了，有意无意地就说泉拜真是身体好，一年要用多少多少的那东西哩。泉拜很不好意思，但他媳妇却不以为然，认为这是个没啥大不了的事体，她振振有词地给泉拜说：你不要怕他们说闲话，我们有我们的过法，谁敢来干涉咱？泉拜心里很不悦，但他怕媳妇真回娘家不和他过了，所以把想要个孩子的那句话在嘴里囫囵着又咽下去了，终究没有说出口。

转眼又到了冬季，乡下最清闲的一段时日来到。家家户户的农活儿做完了，年轻人爱聚在一起打麻将，今天在你家明天在他家。全村仅一副麻将牌，常常四个人玩，十几个人在后边围观，七嘴八舌做参谋。有参谋别人打错牌包了庄的便被大家一顿奚落，挨了奚落的人也不恼，继续观战。乡下的生活实在是太单调了，尤其是这样一个穷乡僻壤，电视都是极少有的。好在麻将填充了许多年轻而寂寞的心灵，冬季的时光仿佛比平常过得快了一点。打麻将的都是男人们，因为男人们手里有钱，在村子里，掌柜的基本上都是男人，很少有女人当家的。当然，泉拜家除外，泉拜家恰恰是他媳妇当家。这也是泉拜对媳妇好的明证。

泉拜将磨坊的收入一分不留交给媳妇保管，自己只管埋头出力气干活儿。但让泉拜万万没想到的是，他那当家的媳妇竟然也迷上了麻将。一回，泉拜守了一夜磨坊回来后发现屋子里空空的，没了媳妇的影子；直到晌午时分才见她打着呵欠回来。泉拜再也忍不住劈头盖脸给责骂了一顿，出人意料的是媳妇却不恼，眉飞色舞地拿出一把皱巴巴的钱来，说她一整晚上赢了十二元钱。泉拜将那钱抓过来狠狠扔到地上，骂骂咧咧地出门干活儿去了。晚上回来又不见了媳妇的影子，赶到麻将场一看，媳妇打牌正打得欢，二郎腿跷得老高，嘴里还嗑着葵花子。泉拜虽然很生气，但他并不想当着大家的面叫回媳妇，他得给媳妇留面子。他媳妇更是深知这点，故意喊泉拜来代替自己玩。泉拜呆呆地站了一阵，一声不吭地走了。人群里马上有人高声夸奖泉拜媳妇：女人会打麻将真少见啊，只能说这女人聪明有胆识！

　　说这话的不是别人，是石拜。他已经关注嫂子好久了，自从嫂子打上麻将后，石拜是每晚必去给当参谋，不知是石拜的高参好，还是嫂子的手气好，总之他俩合作总是十打九赢。有好事者立马逢迎说这才是最佳搭档，或者起哄让泉拜和石拜把媳妇换了。说泉拜还要占便宜，因为可以平白捡个孩子呢。

　　慢慢地，这话传到了泉拜爹的耳朵里，爹让儿子好好管管自己媳妇，泉拜却说他不想管了，由她去。爹气得直跺脚。其实当爹的哪里知道，因为打麻将小两口没少吵嘴，几次泉拜都想动手打媳妇，几次又都没下得去手。直到爹出面干预的时候，泉拜和媳妇都分开睡了半个月了。是媳妇要分开的，并要挟泉拜说要是想在一起睡那就必须同意自己打麻将。泉拜拗不过媳妇，这招还真是把泉拜给制住了，他想了好几天，最后向媳妇妥协，终于将媳妇哄回了自己床上。分开了几日却也有好处，泉拜觉得自己像又娶了回媳妇一样，心里鼓得满满的都是幸福和快乐。只是他媳妇却感觉有点闷闷不乐，不像往日那么柔顺，也没有像往日那样缠着男人不放。

第二天，泉拜专门弄了点猪头肉和黄酒，晚饭时和媳妇对饮了几杯，想趁着酒兴早早上床。可是媳妇酒一下肚突然哭起来了，抽抽搭搭地说自己怀孕了，泉拜更加高兴。自己满满地又喝了一碗，碗没放下哩只听媳妇说孩子并不是他的。泉拜眼睛都直了，一连串发问：不是我的是谁的？难道你还和别人睡觉了不成？你个臭婆娘，平时爱开玩笑我不说你，这事情你要是敢耍我你小心着！但媳妇红口白牙地说是怀上了石拜的孩子，并坚决表态说不和泉拜过了。泉拜头一回动手打了自己的媳妇，而且打得很重，反正媳妇是躺床上动不了了。

泉拜没黑没明地在山上挖了三天冰冻的田地，不吃也不喝。连着三晚上都是透明的月亮，到了后半夜，他就朝着月亮号叫。村子里没瞌睡的老人说是狼来了。泉拜号的声音真像狼嚎似的，很有些凄厉。第四日一大早，泉拜去找石拜，在石拜家的土屋里待到后半天，两个人达成了协议，将自家的媳妇换给对方，而且是迫不及待地换了。石拜主动提出开春了给泉拜补偿两千元钱，要是信不过的话就立个字据。

泉拜的媳妇多少有点不好意思地进了石拜家的门，而巧巧

171

却是石拜硬押着送到泉拜家的，娃也没让带。巧巧在泉拜家哭了好几天，只是没有地方去。未出嫁时她就是个孤儿，娘家三太爷养大的，现在三太爷作古了，再也没人替她说句公道话。

泉拜害怕巧巧想不开寻了短见，一刻不离地守在跟前，并说日后要跟石拜讨回孩子，当他自己亲生的一样喂养。巧巧便也安心跟了泉拜，半年后，石拜家又添了人丁，泉拜硬是说服石拜将巧巧的儿子带回自己家了。

随着一浪高一浪的打工潮，村里很多年轻人都进城打工了。泉拜的磨坊收入也早已不景气，正想着也要外出务工挣点现钱，偏在这时他爹却瘫痪了，后娘原本恩情少，对老头子爱搭不理。巧巧看不下去，主动说将爹接来和自己一起过，泉拜从此将巧巧当了恩人，一刻都不想离开了。

家里凭空添了两口人，一下紧巴起来。但日子还得想办法往好里过，泉拜和巧巧瞅准了红崖山上十几亩荒山，正是退耕还林的大好时机，干脆承包下来种植了大片的杜仲，三年光景收入了八万元。爹的病也有条件好好治疗了，现在都能照看泉拜和巧巧生下的孩子了。泉拜依然看起来木讷，巧巧总是一副羞怯的模样。后娘因为自己生的儿子也到了该娶媳妇的时候，这时找上门来，让小儿子喊泉拜大哥。泉拜本是不予理睬的，但经不住巧巧的枕头风，也便认了娘儿俩，两家合一家凑成了个大家庭。掌柜的是泉拜，管钱的却是巧巧。这时泉拜对后娘有了称呼：他奶奶。这个他指的是自己的孩子。而巧巧则乐呵呵地喊爹唤娘，仿佛为了弥补自己小时候没有喊过爹娘的缺憾一样。

一天巧巧去别家串门回来，神神秘秘地给泉拜说：石拜家两口子打架了！女人把男人的脸都给抓烂了，好像是说石拜在外头又和谁家的媳妇有点说不清……巧巧的语气里有点说不清楚的幸灾乐祸，还有点道不明白地对石拜的同情怜惜。正说得来劲，泉拜却破口大骂起来：你是要学下贱是不是？心疼你早先的男人了？他们就是谁把谁生吞活剥了又干你啥事！臭婆娘。以后少听些闲话，有那扯淡的工夫你把家里的活计多干点。巧巧赶紧闭了嘴，心说幸亏没把石拜后悔换媳妇的事给抖搂出来。

其实那年石拜换回去的媳妇一生下孩子也后悔了。这时候才知道石拜确实不是个过日子的人，成天耍贫嘴逗乐子还挺有本事的，一说要干活儿就往后退。眼看着爹娘一年比一年老去，几亩承包地侍弄得比谁家的都差，往往连几口人的口粮都不够。石拜的娘还是个厉害婆婆，家里日子没有别家过得好，难免数落唠叨。言语之间总露出对后来媳妇的不满，反正一句话：这个媳妇不如巧巧押福，是个败家的料，硬是把她家石拜的天生好命给耽搁了。

本来两口子要好的时候并不多，再加上婆婆的风凉话。这后来的媳妇感到在石拜家的日子还真不好过，尤其他那爱拈花惹草的毛病,任凭女人软硬兼施死缠烂打总改不了。慢慢地,女人对石拜灰了心,一气之下扔下孩子去南方打工了。

石拜也不阻拦。

在一起过了两年,石拜也觉得这女人不算个好媳妇,不咋样顾家。只是奇怪自己那时候勾搭人家的时候为啥就觉得咋看咋好呢,这一进自己家就变了个人似的。而且又泼辣得不一般,那时候垂涎三尺的一点滋味几天就没了。她这一走,石拜反倒觉得自己更自由了。孩子有老娘带着,媳妇不时地还寄钱回来,日子总算好过一些。不过就是长期独守空房,石拜觉得是有点委屈自己了,三妻四妾的命,咋也不能吊死在一棵树上。于是不知不觉就又磨蹭到孟寡妇家门上了。石拜现在皮实得很,一点也不顾村里人的嘲笑和奚落了。

年前村里打工的人都陆续回了家,石拜的媳妇是腊月二十六回来的。整个人珠光宝气,还说上了半生不熟的普通话。她给一家子都带了光鲜的衣物,还有南方的糖果小吃之类。最重要的是挣了不少钱,石拜自然高兴了一阵子。年三十的晚上,村里的年轻人都聚在石拜家打麻将,石拜媳妇先占了个朝南的位子,说今晚不准备赢,要给弟兄们输几个小钱呢。年轻人一顿叫好。石拜心里很有点不是滋味,他感到自己在这个女人面前怕是再也抬不起头了,多强悍的一个女人啊,简直就像个母狮子。可是低头看看自己脚上媳妇给买回来的新皮鞋,心头的不是滋味慢慢地就淡了些。他取出一盒媳妇从南方带回来的香烟，给大家一一敬上，并逐个地点燃。

　　回头关门的时候，石拜看见泉拜的后娘也背着孙子来凑热闹了，他很热情地接待了婆孙俩。但他一点都不知道，泉拜的后娘是来找机会和他媳妇说话的，她准备将石拜和孟寡妇勾搭的事情说给石拜的媳妇呢。

润　生

　　有一年的三月三，润生把自家的麦草垛给点着了，大火差点烧到他家的厨房。弟弟金生狠狠地打了润生一顿，三根荆条都抽断了才住手。润生抱着头哭号，不住声地喊"爸爸"，朝着金生喊，像杀猪一般。六十岁的润生娘听见了，从屋里出来给润生求情，求二儿子不要那样狠地打她的大儿子，可是金生哪里肯听他娘的话，当着娘的面，下手还更狠了些。边打边骂：害人精，叫你祸害人！几时才去死哩！

　　润生娘抹着眼泪回屋去，嘴里嘟囔着：咋不把我死了哩。几时亏过人哩。咋养个瓜儿子哩。力气没少出哩。金生你咋就这么心狠哩。不如把我死掉哩，看不着了心净哩……

　　我母亲恰好路过润生家，径直上前批评了金生。金生是我母亲从前教过的学生，到底有点怯老师，只好住了手。润生看弟弟不打他了，飞也似的跑回屋，找他的娘去了。我母亲劝金生说，兄弟如手足，还是和气点好。虽说润生傻，却有一身蛮力气，看给你把地头上活计做得竖有行行，横有样样，瓣瓣整齐，能给你帮上忙哩。

金生犹自气咻咻地数落润生放火，说不过给他把饭吃得晚了点，就敢点燃草垛子，那要是不教训，下回就敢烧房子哩。

母亲回家来给我们说润生挨打的事儿，我听得心里很不好受。村里人都知道，润生是个傻子，他爸爸死得早，家里靠金生做主。润生娘现在上了年纪，多年的风湿病使她干不了田地里的活计，只能在家做做家务，凑合着给一家人做饭。娘儿俩在金生手里讨生活，挨骂受气是免不了的，何况金生去年才娶来的老婆也不是个厚道人。金生怕女人跟他不长久，事事依着人家，那女人还是三天两头给一家人甩脸子看。就说今天润生挨打的事，我母亲说她在一边劝了半天，也没见金生老婆露个面。

晚饭时候，我们一家人刚坐到饭桌前，润生来了，手里端着个大大的洋瓷碗，满盛着蒸熟的洋芋，直往我母亲手里塞。我母亲收下洋芋，用润生的洋瓷碗给他盛了一碗饭，润生端过去就吃，也不知道坐下，站着就把饭吃进肚里了，吃得稀里哗啦的香。正要给盛第二碗饭，润生的娘也来了，赶紧说润生是在家吃过饭的，不能再给吃了，瓜人没有饥饱，吃多了要拉肚子的。

我母亲留润生的娘坐下说会儿话，润生挨着他娘的腿蹲在地上，给他板凳也不坐，只张着嘴傻笑。天色一会儿工夫就暗了下来。润生娘絮絮叨叨和我母亲拉家常,说白天发生的事情。金生老婆的娘家人去赶金石殿的庙会,前几天就说好的要在金生家吃顿饭。金生两口子忙了一中午,做了几个过年才吃的荤菜,全都端到桌上待客。偏让上地种玉米回家的傻瓜润生撞见,进门直奔饭桌,只管自己吃了几口。金生看见后拼命揪住傻子哥耳朵,给揪到门外去了,出去又给扇了几个耳光。谁知等客人一走,润生就把厨房门前堆着的麦草垛给点燃了。

润生的娘一边说一边看看润生,怜惜地摸摸儿子的耳朵,说,你看,金生手狠,耳朵给扯成啥样了,是豁耳子了。我凑前看看,果然润生的左耳根裂开了一道细细的红口子,我吸一口气,没来由地觉得自己的耳朵也很疼。我母亲叹息一声,说润生这娃点燃草垛是心里有气哩,可见这娃不是多傻哟。

润生娘却说润生是想在草垛里烧洋芋吃,他是饿了。在没烧尽的草堆里,还有几个乌黑的洋芋蛋蛋。这不,润生娘努努嘴,说,我趁金生家两口子进城去了,干脆给娃蒸了一锅洋芋,让吃个够。你说这娃不太傻,还真是,就是你今儿个替他说了句公道话,这娃记你的好哩,吃完我才洗碗,转身不见了这娃,赶紧跟出来才知道是给你送洋芋来了。

说话间,天渐渐地黑了,润生娘要带上傻瓜儿子回家去,说金生回来找不见她又要骂人。临走又不好意思地给我母亲说,要是有酸菜的话给我舀上一碗,我回去也好有个交代。我母亲赶紧照办，幸而我家的酸菜是常备着的。

润生娘一走，我便问母亲，润生到底有多傻？母亲说她也说不准。反正她记得润生小时候长得眉清目秀，皮肤白，是个心疼娃。属猪，腊月里生的。润生他爸在世的时候，经常欢喜地把润生架在自己脖子上满村子晃悠，常常被润生把尿撒进领口。润生说话迟，四岁上才张口喊爸爸。十岁送进学校门，一年没学会半个字，倒是把他娘的杂面馍馍吃了不少。学校老师都说，润生的食量大，一早上能吃四个馍。再念了一年书，润生长得比老师还高，字还是一个都没认下，只背了一句乘法口诀，却还是错的，只听他一进校门就喊：五八三十！老师提问也回答：五八三十！

母亲说些润生小时候在学校的事儿，听得我直乐和。说一回润生穿了双新布鞋，是他娘给他做的，白塑料底子、黑条绒鞋面。有个同学欺负他，故意泼湿润生的鞋，润生不敢说啥，就跑去找老师。站在老师的办公室门口，润生还知道喊"报告"，然后给老师看他的被弄湿的新鞋，说同学欺负他，还骂他。老师问是哪个同学，他却说没认下人，只好不了了之。润生觉得已经给老师告了状，喜滋滋地回教室了。几个围观的男孩子开始起哄：润生瓜娃子，爱穿湿鞋子，五八得三十，没有媳妇子……

润生娘看润生真不是念书的料，只好让他辍学回家干农活儿。润生有一副好身板，十四五岁就能背起十个麦捆子，成了家里的主要劳力。可惜的是他爸爸突然得病死了，金生又还小，几亩承包地全靠润生和他娘侍弄。后来金生长成人，娶了亲，家里由金生两口子做主。他娘的身体也一年不如一年，好在润生还是那样健壮，又样样农活儿都能干，是一把好劳力，金生老婆也便能容得他，只是常常嫌润生吃得多，骂润生是早晚要挨刀的猪。润生娘实在听不下去的时候，只好可怜巴巴地给媳妇说，吃上才有力气哩，才给咱多干家当哩。

母亲知道润生的情况多，每每说起，总忍不住要唏嘘叹息一回。

烧草垛之后的第二天，润生在我家屋后的自留地里干活儿，隔着一条不宽的土路，我父亲在自家菜园里种豆。恰好有外乡人问路，是找我们村的一户人家。我父亲正要给外乡人指路，润生却先开口了。他认真地说：从这条路走过去，到我家门口，拐弯；到社教家院边，拐弯；再到让过家大门边边，直走，就到了。外乡人和我父亲同时被惹笑了，润生也跟着呵呵笑。外乡人复从我父亲处问清了路，临走给我父亲和润生各敬一支烟，因我父亲不吸烟，就都给了润生，可把润生高兴得，那外乡人走老远了，润生还在后边给人家作揖，双手合十，怀里抱着长长的锄柄。

一晃到了初冬，小河上需要架木桥，一家出一个劳力。把长长的用木棒捆扎成型的小桥从此岸架到彼岸，中间需要几根木桩做立柱，木桩要一根一根钉进河底的淤泥中，是个吃力费事的活计，年年都是润生干。润生力气大，又不怕冻。站在河中间出力气，有那么多人看着，润生比平时还卖力，笑嘻嘻地抡起大锤，乐呵呵地砸下去。有时候砸偏了，一锤子落在河面上，润生被闪得趴下腰，溅起的凉水扑他一脸一身，大家在岸上笑，润生在水里笑，露出一口雪白的牙齿。润生卷起的裤管下面是一双结实的腿，因为冰冻，原先白白的肤色变得通红，黑黑的汗毛又长又密，像水草一样在冰凉的河水里漂。有人说，润生要是个女子，一准是个长得惹人心疼的女子，你看人家的眉眼，再看人家白白的腿。

腊月里杀猪，润生是最爱跟上帮忙的，从头跟到尾，还能美美吃上几顿肉。杀猪匠喜欢润生，说润生的气壮，也就是肺活量大。杀猪的程序中有一项，是给去了毛的猪吹气，从后蹄的切口往进吹。润生干这个活儿最拿手，一口气长得像别人吸了一锅旱烟。一张白白的脸先是慢慢涨红，然后变得紫红，再后成了青紫色。眼见得煺了毛的肥猪在润生嘴巴底下又长大了一圈，主家高兴，杀猪匠高兴，润生更高兴。往往在最后一家杀完猪，润生就能得到一个吹胀了气的猪尿脬，像气球一样，拿在手里拍打好几天。

村里外出务工的年轻人回家过年，个个西装革履，每人手腕上戴着只电子表。润生赶着问这个问那个，一只电子表多少钱？叫我娘给我也买一只。年轻人愿意拿润生逗乐，偏不告诉他，只说让润生赶紧娶媳妇，将来给媳妇买电子表。前村的长顺说，在广东，电子表是论斤称的，或者给多少钱就准许你抓一把。一旁的金生听得心里热乎乎的，央告长顺过完年带自己出去务工，也见识一下外面的大世界。

　　金生出门务工了，他老婆长期待在娘家不回来。润生和他娘倒落个自在，粗茶淡饭，娘给儿子能做到饭时上，也吃得热乎。润生似乎长胖了些，脸庞又圆又大，越发显得白。邻家阿婆给润生娘说，莫看是个瓜儿子，长得一脸福相哩。润生娘听得心里受用，咧着嘴笑，眼角的皱纹显得更深些。

　　夏天里，金生的老婆回来取换洗衣物。一个人藏在屋里换衣服，润生不知道屋里有人，冒冒失失闯了进去，进去了也不知道回避，只管直勾勾盯着半裸的弟媳妇。他娘慌忙拉他出去，润生却像那回在饭桌上一样，死活不肯挪脚步。润生娘头一回打了瓜儿子，也是揪耳朵给揪了出去。可从那以后，润生看见谁家的媳妇或是大姑娘，就走不动路，眼睛直直的，斜着嘴角，要流口水的样子。

　　慢慢地，村里人不大喜欢润生了，大家有点躲着他，尤其是女人。润生娘心里明白，也不怪谁，只把儿子跟紧点。金生的老婆自那一回之后，就不回婆家来了。听说她在城里和金生通过电话，大概是给男人说她害怕润生。

一天，几个戴墨镜的外地人找到润生娘，说是和金生一起务工的。其中一人手里拎着个会说话的黑匣子，润生娘看人家不知从哪儿拨弄了两下，那黑匣子就说话了，还是金生的声音，从话匣子里喊娘，说让来人把润生带到他务工的地方去，一月能挣千把元钱哩。

润生娘舍不得叫润生出门，她就怕这傻瓜儿子在外吃亏，在家受点气也是受自家人的气，要是出了门，指不定咋样看人脸色哩。来人看润生娘不痛快，再次让金生和他娘说。金生觉得好话说不服老娘，索性狠声给娘说，要不让润生出来，他以后可就不养活娘和润生了，反正出门也是为挣几个钱，有啥舍不得的，过年不就一起回来了嘛。做娘的本来怕这个儿子，一听这样，也就无话可说了。赶紧洗手去烙油饼，招呼来人吃，走时又给润生布兜里装了几个。

临出门，润生却又不愿意去了。他娘告诉他，是去找金生哩，金生在有电子表的地方。润生这才拨动了腿。润生娘送儿子到河边，那时河面上先年的木桥已经被水冲走了，润生娘的风湿腿不敢过河，有心让润生背她过河去，就可以把儿子送到车站上。转念想想回来时可就没人背她过河了，何况那几个外地人也不让这做娘的再远送。润生娘只好站在河这边，眼巴巴看着润生过河去，一步一步走远了。这多年来，润生娘要进城，就是润生背着送过河，回来时托人带个口信，润生就到河边来接他娘。

润生娘回去的路上，忍不住哭了，自言自语地说，今年就没进城的福分了，没人背我这死老婆子哩。只有等过年喽，过年我润生回来，就啥都方便了。可是再一想，过年时河上就有木桥了，就不用润生背着过河了。想到木桥，润生娘给自己说，今年架桥没润生帮忙了，看谁站到河里钉木桩去哩。水那么凉，可把我的润生冻了多少回。这下走了，走了也好，这一茬罪总是不受了哩。

转眼到了年关，金生领着媳妇回家了。金生先从汽车站换了车，直奔老丈人家接他老婆，然后再转回来。他娘一看咋只有金生两口子，没见润生的面，急了，闹着要见润生。金生告诉娘，润生是留在厂子里继续干活儿着哩，过年的时候工钱开得多，能多挣好些哩。说完给他娘手里塞了六百块钱。润生娘一辈子还没见过这么多钱，十元一张的钞票摞一起厚厚一沓子，揣进怀里沉甸甸，也热乎乎的。润生娘就不多说啥了，她心里有了新打算，照这样出去挣钱，要不了两年，就能攒上不少，到时候就把润生喊回来，正经给娶个媳妇，专要那猪嘴梁后面大山深处的女子。那是个穷得鬼不下蛋的地方，那儿的女子专想嫁到城跟前来哩，就算润生是个傻瓜，可我们村这地方，却是许多山里女子向往的好地方哩。

日子一天天过，润生却没了踪影。一年没回来，两年还没有回来。润生娘怀里揣着卷了边的六百块钱，天天盼她的润生。

树叶绿了黄，黄了绿；河上的小木桥今年架上，明年被水冲走，再架上，再被冲走。可是润生却总不见回来。金生年年都出门，把媳妇也带到南方去了，年底回来媳妇烫了头，涂了口红，让做娘的都认不出来了。开始金生总说润生一直在南方务工挣钱，后来索性很凶地给他娘说，润生不回来了，给南方一家人招赘做女婿了，那家人家也有一个傻瓜女子。

润生娘没了念想，忽然老得不成样子，越发给金生帮不上忙，就连金生盖楼房这样大的事情，做娘的都操不上一点心，只是吃一碗闲饭，然后呆坐在院门口，见了人也不说话，像个傻子。

村里有爱说道的人，背地里奚落润生娘，难怪会生个润生那样的傻子，自己不就是个傻子么。只有长顺，今年不准备出门去，天天在地里试验种药材。路过润生家门口时，给老太太几颗水果糖，润生娘拿了糖，也不吃，只管装进衣兜里，还是想着留给润生吃哩。

长顺在自家地里悄悄给他的女人说，润生娘想润生哩，可怜哟。那金生丧天良，八成是把他傻子哥哥卖给南方人了，要不他家咋能头一户盖起小洋楼哩。

长顺的女人不解，说人家花钱买个傻瓜有啥用？长顺叹一口气，低声说，咋没用！听说买回去再往出卖器官，能赚大钱哩。你没看前天湖南电视台的新闻，就说的那种事哩。

老　包

　　九月的阳光虽说已不如盛夏时格外刺眼，然而刚刚从睡梦中醒过来的老包还是觉得眼皮外的一片明亮很让他不适应，再想想刚做的美梦更是不舍，索性顺着墙根狠狠地翻个身，将一张黝黑粗糙的方脸贴在温热的墙砖上打算假寐一会儿，好好回忆一下梦中光景：满树红花、树下的光脖子光胳膊的女人刚刚还给自己招过手，可惜还没走近呢梦就醒了。妈妈的！老包不由得暗骂一声，心说自己就是叫花子命，半辈子没交过桃花运，竟连个桃花梦都做不成。妈妈的！这一声骂出口，似乎痛快了点，却把肚子里的空气放走了许多，更加觉得饿得慌，昨晚上就没吃晚饭呢！

　　老包其实并不老，也不姓包，到底姓什么他自己也不知道。自那年从那个跟了十多年的杂耍班子里逃出来流落小城又是整十年，这十年是个精确数字，老包不止一次自信地给人吹嘘过，虽然他没有日历，可十年的记号都在他身上，每次都伸出又脏又黑的左臂，给人看他胳膊上白白净净的两个"正"字，刀刻的，鸡蛋大，笔触赫然。展示完再补充说明，一刀代表一年，全是每年的腊月三十晚上，闻着满街道的肉香，就着家家户户门口的红灯笼右手握刀完成的。嗬啊！人群中屡次都有不加掩饰的叫好和撺掇：九子，一年还有十二个月三百六十天呢，天天都刻上才算是好汉！那时候人家都叫他九子，是缘于杂耍班里的排行。他晓得说话人没安好心，往往拿出他锋利的双刃短刀，做出冲刺的架势，嘴里说妈妈的来我先给你刻上。多数时候那没好心的便笑着跑掉了，却也有更狠点的，嫌他骂了自己娘而揍他一顿，往往是他乖乖地挨了，一声都不吭地护紧短刀，也不还手。

慢慢地有人就说九子实在是个"毒物"，能挨打能受气，倒是个缠人的主儿，干脆去给讨个债索个账啥的，没准还管用。于是有人以三餐饭的代价雇他去讨债，诸如四邻街坊间有扯皮纠纷涉及的赔偿，抑或张三李四家因为格斗伤人互索医疗费用，甚至有欠人饭钱久而不还的，等等。九子第一次干这事就显出自己的不凡，他单单在人家有客人的时候闯入讨债，说明来意便跪在门角落，再也撵不出去，还故意亮出刺了字的胳膊，往往人家实在觉得丢人只有答应偿还，九子却一定要坚持拿到手。多数时候是很成功的，他兴冲冲地给债主去交了差便不用愁这一日的饭食，然而晚饭后往往处去时却常要提防暗夜里的报复，那还了钱的主儿白天忍了气,晚上以打九子一顿出出气的事是常有的。可是九子并不怕挨打,何况肚饱腹圆挨几下打只当是助他消化,想起杂耍班里挨过的饿和打,九子觉得简直是天上人间大不一般。

当年拼了命地逃出杂耍班,还不是因为受不了饥饿和毒打。八个小人儿跟定了那只有一条手臂的班头,还有另外三个成年领班,据说是当年一起杂耍起家的难兄难弟,一年到头走乡串镇演杂耍。六男两女八个小把戏各有各的杂耍,九子的拿手戏是"铜头铁嘴","铜头"即倒立后以头触地,双手撤离,原地转七七四十九圈。九子对这个把戏很有兴趣,他喜欢在地上倒着看人,当观众把他当把戏看一阵的时候,他觉得观众才是自己的把戏,恰恰和自己倒了个个儿。可"铁嘴"表演就没有那么好玩了,地上置一十字形铁支架,顶端一铁柄平弯约一寸,九子入场给观众例行鞠躬礼后在支架前向后背腰,弯到嘴巴能够着铁柄时即用嘴衔住,让一寸长铁柄完全没入一张小嘴,稳稳地贴紧上腭,然后慢慢双脚离地,整个身子像一张拉斜的强弓以嘴为支点慢慢旋转,全身的力量集中于小小上腭,痛且能忍,而翻江倒海的恶心任是铁人也难以忍受。为练就这"铁嘴"一功,九子挨了数不清的毒打,吐了无数次的饭食,硬是熬了出来,在他之后还有两个女孩也被迫练成,所以每次表演都是他们仨。也只有这个节目的圆满成功换来的施舍最多,通常摆在地中间的一个污烂的搪瓷盆，会被面值不等的纸钞和硬币填满。九子曾问过俩师妹自从练成"铁嘴"后吃饭还知不知道香味，因为他早就食不知味，仿佛吃饭的时候舌头就不是自己的。小师妹却不回答他，都是些十多岁的孩子，却已经相互存有深深的戒心，她们怕九子去班头前告状，毕竟他比她们大些，而且是自小入了杂耍班的，简直就是班头所谓的"自己人"。可就算是这样跟了十来年的"自己人"，九子也不见得在杂耍班里就能够吃饱穿暖，还不是一样每顿吃个半饱，流落南方时过冬不穿棉衣，到了北方照样挨冻，班头是万万不肯给他们置办的。班头他有自己的理由，吃得多自然就长得快，再大些有些杂耍就不好表演了，学点本事挺不容易，再怎么也得给他多挣几年钱，于是他心安理得地虐待这些或被拐来或被买来的可怜孩子。倘若有谁不服气让班头知道就怎么也躲不掉一顿荆条的抽打，泡湿的荆条柔而且细，抡起来呜呜作响，阴风阵阵，说不怕是假话。就连九子这再皮实不过的"毒物"，常常看见荆条腿就发软，所以宁可饿着点也不会招惹班头。一班大小不一的孩子，个个面黄肌瘦。自打九子记得自己排行老九时，班子里共有九个小把戏，他是最小的一个，头大身小，活脱一棵豆芽菜，天天地练习倒立和背腰，稍不用心即招责打，可是九子机灵，学啥会啥，一转眼也能上场表演。这时候他却又排行第五了，是因为他前边两个大点的女孩子又不知被谁带了去，再也没有回来过，也

189

就是那年还有两个男孩子夏天里得了脑炎齐齐死去。结果班主花了两年工夫又弄来了三个小人儿和九子一起练"脱臼还臼""吞吃玻璃""铜头铁嘴"等把戏。虽然那时候他排行老五，却还是叫九子，慢慢地还几乎成了杂耍班的台柱子。

也正是那个时候，九子刚刚过了十二岁，却身形瘦小得像个八九岁的孩子，只是脑子好使得可以。自先年冬天看班头让最小的尕娃训练"刀穿虎口"，九子算是看透班头的心是越来越黑。一把五寸长匕首，生生从六岁的尕娃左手虎口间戳穿，然后给伤口抹上菜籽油和花椒油不让愈合，一周重复一次，直到伤口结痂露出窄窄的刀缝。将这只手蒙在眼睛上，则能从手心看到手背。手心里涂满了红药水，表演的时候先摆一阵花架子，然后将刀尖从虎口刺入，故做吃力和痛苦状，等到刺穿的一瞬间，让手心朝着观众，红药水淋漓如血。每次九子看到这里，就想起当初尕娃凄厉的惨叫，也想起当时班头给尕娃吃的蛋糕和巧克力，不由得咽了下口水，突然就萌发了想要逃走的念头，然而总没有个绝好的机会。

第二年秋天，九子跟上杂耍班来到小城，驻扎了半个月，收入却不怎么好。小城人怪，很爱看把戏却不爱掏腰包。班主气得背地里直骂"啬皮"，嚷嚷着要转移阵地。九子这时发现他们安营扎寨的地方原是城郊的一处打麦场，刚过了秋收，场院里秸杆草垛堆积如山。九子是在最大的一个草垛后撒尿时想好了怎样逃跑的。

夜里他叫出师兄——杂耍班的老大,用白天偷藏在袖筒里的一块硬币给师兄买了根烤肠,然后给师兄说了他的秘密——准备坐夜班车跑到外边的城市去,还拿出车票的半截给师兄看了看,一再嘱咐师兄替自己保密,说要是让班头知道那自己就没命了。师兄很仗义,到底大他两岁,见的世面也多些,甚至还说了句文绉绉的话:同是天涯沦落人,师弟你就放心地去吧。随后将九子送出场院,依依不舍地道了别。九子坚持让师兄再远送一程,直到看见长途车站的大门才彼此分了手。进站后的九子却并未上车,他躲在门缝后看师兄原路回去了,急忙从车站跑出来,抄小路回了场院,趁夜黑钻进草垛里去了,屋脊般高的草垛,四周围满了密密匝匝的秸秆,九子早就在草垛里打了能容身的洞,刚够躺下来。也就是在那一刻,九子觉得自己终于有了历练,嘿嘿,赶紧去告密吧师兄,班头要给你奖励好吃好喝的呢,但愿你吃好喝好追我时腿上有点劲,为弟我现在要安心睡觉了;师兄你只知道天涯沦落的话,我还知道最危险的地方才是最安全的呢。

将睡未睡的当儿,隐约听见杂耍班慌里慌张地撤离,九子知道是班头急着追他去了,一面铜钵不知在谁的手里极不甘心地响了两声,有气无力地将九子催眠。这一睡睡了三天。第三天夜里悄悄爬出来,前胸早已贴了后背,鼓足劲跑出三四里远,在一家小饭店门口讨了碗剩饭充饥。从此成了小叫花子。先还不敢大胆出门，怕班头回来找到自己，提心吊胆了一年多，没有发生什么意外。同时九子惊喜地发现自己长高长大了，百家饭竟然让九子形象大变，就算现在站在班头跟前，也不一定被一眼认出来。冒险成功让九子有很大的成就感，接下来的两三年，九子一直都很有成就感，哪怕是顺利地讨回一碗饭。

白天要饭，晚上住在废弃城壕上一架多年不用的立轮水磨房里。九子觉得快乐极了，他把出逃时偷来的匕首拿出来，就是那把曾经刺穿尕娃虎口的匕首，在磨房破旧的门板上练飞刀。有月亮的晚上，刀光格外寒凉，仿佛嗖嗖的冷气。有时候他想起杂耍班的兄弟姐妹，不知流落何方？

然而快乐的日子并不长久，首先讨饭不再是件容易的事，不是别人舍不得给，而是九子实在太脏了，往人家门前一站，营业的嫌影响生意，居家的说他倒别人胃口。眼看食不果腹，天气又将转凉，那赖以遮风挡雨的水磨房因为小区规划建设也被拆掉，九子恐慌起来，还真不知道以后日子怎样混。西城角落摆卦摊算命的何伯看九子可怜，没爷娘的野孩子，好十几岁了也不知道干点正经活儿，就凭胳膊上两坨子腱子肉，去帮人干力气活儿也不至于饿死。

九子帮工不惜力气，雇主都喜欢，连着三五年活计不断，不单混饱了肚子，还挣了点小钱。然而人一天天长大了，模模糊糊对女人有了渴望，终于因为帮工时对那家的女主人不敬而结结实实挨了顿好打。从此坏了名头，很少再有人雇他，生活又没了着落。九子习惯了长期的居无定所，墙根树底倒把年轻的身子骨磨砺得更加结实，脸是越来越黑，力气越来越大。常常在他的据点上练练把式，专拣人多时展示以头顶地的倒立绝活儿，当然也不忘给大家看看手臂上的"正"字纪年。直到被发现挖掘培养成了讨债高手，九子总算又有了营生，他是来者不拒，有活儿就揽，口头禅是"包给我了"，时间一长，人家不再喊他九子而喊老包。老包就老包吧，一个"包"字包容了多少的豪气和仗义呢。

老包称他揽的活儿为生意。有生意的时候，老包格外敬业，死缠烂磨不达目的决不罢休。起先的的确确是三餐饭的诱惑，后来老包就不怎么承认自己是单为了混口饭吃，他爱说自己是行侠仗义，因为他每次都是怀着一腔热血打抱不平而完成自己的事业的。妈妈的！欠债还钱天经地义，有啥好说的！正是心底的这一声嘀咕壮着老包的英雄虎胆，所以他讨债不屈不挠，挨打心甘情愿，照样快乐地发疯。

没生意的时候老包最恨的就是自己的肚子，明明都算个英雄人物了，时不时地还能受到点抬举，可是肚子一旦发难，英雄的头就有点抬不太高了，要饭总难免低声下气。老包突然觉得烦恼透了，而且这种烦恼近来越发频繁。

193

一周时间没有生意，老包简直焦躁起来，昨晚上索性就没动弹，一任肚子咕咕叫了个通夜。好好做个桃花梦也不成，真是人倒霉鬼吹灯，放屁也砸脚后跟。老包我命苦哇！贴墙根睡着的老包发狠用自己的铁头撞了几下墙，打算从他的地铺上站起来。忽然呼啦啦一群少年远远地赶了过来："老包，老包，生意来了。"

老包一骨碌翻身坐起来，只见几个半大孩子领着个蓬头垢面的女人走近前来。"老包，有人雇你替她扁人喽！"顺带将女人往前一推，立时作鸟兽散。老包知道孩子们在捉弄他，却也并不计较，骂一声"奶奶的！小兔崽子们"。对于辈分低的，老包一定是要骂人家奶奶的，那样就算挨了打也划算，老包心里不吃亏。骂完颓然靠在墙上，看都不看一眼站在自己脚边的女人。老包认得她是几天前从外地来的疯女人，整日跪在大街旁，目光呆滞。刚来时老包认为又是个乞丐，害怕抢自己讨要的地盘而打算将她轰走，可那女人不知道害怕，根本唬不走。老包再一观察，发现女人也不要饭，似乎手里总有点零星小票自己买吃食，也不胡乱吵闹，但一定是个疯子，因为大家都曾经看到跪在街旁的她每隔一阵总要细着嗓子唱一声：秦香莲跪轿前心惊胆战……很标准的秦腔唱腔，末一个"战"字还真唱得颤颤悠悠，几乎要声泪俱下了，然而却没有泪，只有长久的沉默，等你几乎要忘了疯女人的存在，又一声唱腔传来。有好事者推断说女人肯定是叫男人给抛弃而受了刺激,甚至和别人打赌想要证实一下,可是那女人作为当事人却什么也不说,好事者便觉无聊,几天后大家都觉得无聊。就让她街旁跪着去吧,又不是谁家一家的大街。

可是这疯女人今天却认准了老包,跪在老包脚边不走了。若在往日,若是个男人,老包一准飞脚踢去。但是今天有多大的不同呢,并非老包真怜香惜玉,关键是老包的鼻子嗅到了食物的香味。是那疯女人手里的烧饼发出的香味,看上去似乎还热腾腾的。女人一动不动地托在手上,明显是呈给老包的样子。就像缺钱人总说的谁会和钱有仇呢,此刻饿着肚子的老包想说的就是谁会和吃的有仇呢,妈妈的,管他三七二十一,先吃了再说。一把拿过来三口两口吃掉,肚子不饿了,心情马上好起来。

"你叫我去扁谁呢?走!前边带路。"老包打了个响指,冲女人说道。

"我男人陈世美。"女人一开口立即声泪俱下,"贼无良心的,榨干我的血汗就不要我了,只求青天大老爷替我做主,狗头铡刀铡他个天杀的。"

老包不由得大笑起来,跺着脚说:"看你真是疯麻得厉害,把我当包青天了,我是包打听包讨债,陈世美我管不着管不下,你赶紧另找人去吧。"然而女人再也不依,只一句话:"吃了我的饼就该办我的事。"反反复复的。老包实在有些烦躁,却不能把她怎样,吃了人的嘴软,这是他长这么大体会最深切的一句话。老包于是把站直了的身子又顺着墙根矬下来,和女人面对面地坐下了。

看着面前半跪半坐的疯女人,老包突然有种异样的感觉,心里像有爬虫一样痒痒地难受。他知道眼前的女人是个疯子,但确确实实是个女人,而且是第一次和自己离这么近的女人。老包稀里糊涂地感到自己的生活也许会有点什么变化,绝对会因为眼前的这个女人,变好变坏他说不准,但至少今天的饭食有了着落是毋庸置疑的。看看已近正午,老包给女人说想办法弄午饭去吧,办事总得让人吃饱嘛。女人二话不说,直直盯了会儿老包,掉头就走,一走却是两个多小时,老包猜她是不来了,也好,早饭总算混脱。正自庆幸,却见女人远远地朝这边过来,拎个红色小塑料桶,到跟前打开竟是热热的大半桶炸酱面。老包哪里有过如此口福,吃了个风卷残云才抬头问女人吃了吗,女人却又痴痴呆呆不言语了。老包轻狂地朝女人额头上吹口气,女人的刘海忽地飘向两鬓,老包这才注意到女人很白,只是满脸的污垢。可惜了的!老包不由得一声长叹,想想真是人的命天注定,从前只觉得自己一身武艺落得讨吃要喝很不爽,谁知道还有这么白的女人也照样地流落街头,甚至还求他呢。可惜了,可惜了的!可惜不是自己的女人哦。老包一阵烦躁,顺墙卧倒,将两只大手在墙上一顿乱拍,女人因此受了惊吓,双手抱头连声哀求:"我走我走,走还不行吗?"说完飞快地转身跑了。

老包愣愣地住了手,心里更加躁得慌,扯直了嗓子大吼"包龙图我打坐在开封府",腔没腔调没调地乱弹,也不知几时听过记下的,不由自主地吼一声。就这一声吼又把女人给招回来了,来了就再也不走,口中念念有词,眼神涣散而空洞。

夜幕降临,女人也没有走的意思,却慢慢安静了下来。老包一下午在女人的嘀咕中又长长睡了一觉,因为中午吃得好,肚子也不怎么饿,醒来后格外精神。见女人还在一旁,忽然又长了心眼。他试探着给女人说明天吧,明天一定去替你铡了陈世美。女人再不搭腔,沉默了很久很久,黑暗中传来抽抽搭搭的哭泣。老包都怀疑她不是疯子,也更不敢再说话。终于什么也听不到了,摸索着过去一看,女人斜靠在墙根睡着了。老包脖子缩起来,想起女人的白,立刻腿脚发软,身不由己靠了上去,一触到女人的腰,自己身体里绷了多少年的弦砰一声断了,根本不管惊醒的女人拼命挣扎,痛快淋漓地发泄了个够。

后来老包每每回忆起墙根下自己的初夜,总固执地认为是他先天晚上的梦做得好,是梦中的花神引度了他,从此他更加相信睡梦是一种预兆。可惜的是他强迫女人的那晚却没有做梦,或者做了却什么也不记得,就连女人啥时候从身边离开都不晓得。

第二天,老包疯了一样满大街找他的女人。他已经把她当自己的女人了,难道不是么,和自己都那个了。一想起昨夜,老包浑身就像触了电，甚至筛糠一样地发抖。长这么大现在才知道啥叫潇洒活一回，妈妈的，有女人才是真活人！

可是那跪在大街旁的女人任老包怎样哄劝都不挪半步，可着嗓子唱"秦香莲跪轿前心惊胆战"，直唱得老包心里酸楚，想伸手拉她起来，却被女人挠破了手臂上刀刻的"正"字，血痕蚯蚓般爬过污黑的手背。老包不觉得疼，看拉不走她，索性也跪坐一旁跟定女人。行人匆匆而过，似乎无人注意乞丐老包咋和疯女人扎一堆了，但女人哀戚戚的声音不肯停歇，终于有人放慢脚步犹犹疑疑地过来给女人手里放一点零钞，女人不接，老包急忙接住。一天下来，老包凭空有了几十块的进项。真是意想不到，我老包还会有如此好运，女人……钱……哈哈！给个神仙都不换啊不换不换就不换。老包忘形地一把将女人拉起来，径直朝一家包子店奔去。

真是奇怪，女人听话了许多，像前夜里一样随着天黑慢慢地安静下来。他们站在包子店门口等店员把包子给拿出来，人家不许他们进门。终于等到包子送出来，店员用长柄金属钳捉去老包手里一把皱巴巴的零钱，皱着眉挥手示意让他们走远点。老包才不会在此逗留呢，他拽着女人一溜烟回到老墙根，小心翼翼地把热得烫手的包子放在嘴边吹得温热喂给女人吃，女人乖乖地任他喂食，如机械一般木然。女人吃到第六个时摇头不要了，慢慢地眼神活转过来，大颗大颗的眼泪滚落。老包一时不知所措，也不敢问话，只有低头把手里的包子飞快地吃完。

女人自己把眼泪胡乱一擦，哑着嗓子问老包："你不是陈世美？"老包一迭声地回答不是不是。又问："你多少岁数？"老包很为难，他记不得自己多大了，不确定地说二十几了。女人话多了起来，继续问老包的属相，这下老包更不知道。不等老包胡编乱造，女人却笑了起来，自顾自地说道："你不是陈世美。你多年轻呢。陈世美都快四十的人了。属狗的呢。狼心狗肺。比我还大两岁呢。大就欺负人。打我打得怎狠呢。不就看上狐狸精了嘛。嫌我碍眼呢。我走我走，走还不行吗？三十六计还走为上计呢。嘻嘻，叫你找不到我，找到就迟了，狗头铡刀等你呢……"女人渐渐地烦躁起来，将一绺头发缠在手上狠命地揪。老包听得看得心疼，一把将女人抱怀里，拆开揪乱的头发，哄孩子一样哄了老半天，女人才安静下来。

夜渐渐深了，女人在老包怀里发出轻微的鼾声，咻咻的鼻息吹得老包脸上奇痒，其实老包的心里更痒，他再也忍不住，开始动手动脚，女人醒过来拒绝，老包不依不饶，突然女人又大声地问一遍："你不是陈世美？"老包嘴里说着不是，手并没有停下来，女人便不再坚持，顺从地依了老包。

老包的日子从此格外快活，白天和女人乞讨，晚上一起睡墙根，双宿双飞。哪怕成天遭白眼有时饿肚子他也再不说妈妈的奶奶的骂人话。对那比自己大好十几岁的女人，老包就像对孩子一

199

样疼爱呵护，有点吃的总让女人先吃；遇到不懂事的孩子喊女人"疯婆子"，拿石子砸他们，老包每每暴怒，红头涨脸追打一通，吓得孩子们抱头鼠窜。女人也知道老包对她的好，慢慢地清醒的时间多了起来，甚至有时一整天都不发病，好人一样。

女人好的时候就不出去行乞，宁可饿着。眼看天气渐冷，两个人还赤着脚，老包早已习惯了，可他记挂自己的女人，有天硬着头皮敲开人家的门，求人能给双女式鞋袜。恰好找着个吃斋念佛的老太太，衣服鞋袜给了一大堆，再看看女人微微隆起的小腹，不作声地又拿来厚厚一床褥子。当夜，老包平生第一次睡上"软床"，并且搂着自己的女人。记起杂耍班里一年到头睡地铺，天冷时顶多加张草席，从自由的那天起又睡了十多年的墙根，哪里想过还能睡在棉花褥子上。那一夜老包的梦格外香甜，梦里鲜花遍地河流清清，数不清的鱼儿翻飞跳跃，溅起的水花弄了老包一脸……醒来却是下雨了，而且越下越大，老包抱着衣服棉褥领女人摸索到白天给衣物的老太太家的廊檐下躲了一夜雨。

第二天，老太太的儿子遵母命给老包找了个正经活儿——出城六十里地从矿山上往下背矿石，一天能挣三十块钱，但不能带女人，住宿没法解决。老包被试用了一天，很受赏识，因为劲大，数他背得多。可是三天后下山，女人的病犯得厉害，又哭又笑，非说老包就是陈世美，丢下她不管。费了九牛二虎之力，老包干脆把女人也带上了山，风餐露宿好几夜，有好心人给他们指点了个很不错的住处——农田边弃置多年的井泵房。十来个平方米大小，四周砖墙，预制水泥板的屋顶，能遮风挡雨，实在再好不过。

老包起劲地在山上卖命，每天累得腰酸背痛，心里却快活得要死，尤其看着女人一天比一天大起来的肚子，无数次地想象自己孩子的模样，想着想着就笑出声来。

头一个月拿了工钱，老包进城大采购，棉衣棉被毛巾蜡烛油盐酱醋锅碗瓢盆一应俱全，留过车费还剩几块钱给女人买了瓶蛇油膏，山上风大，老包明显觉得女人的手脸没有先前光滑了。他回去将置办的东西往井泵房里一铺排，还真有了家的模样。女人洗过脸再擦上蛇油膏，皮肤红处红白处白，越发惹得老包打心眼里喜欢。

天气一天比一天冷，雪一场接一场地下。老包说从来就没见过这么冷的天，也没见过这下不完的雪。女人不说话，只管把带着泥的土豆往屋角的泥火炉里塞，要不了多大工夫又掏出来，嘻哈着双手捧给老包。看老包狼吞虎咽地吃下肚，女人往往眼睛里便有了笑意，神色安详了许多，也常常问老包"好吃不"，老包因为嘴里塞满了东西，便使劲点点头。其实老包多数时候吃的是半生不熟的烧土豆，可他一次都不说。

雪没有停的样子，矿上只好停了工。老包正好天天在家陪女人，多捡些枯枝败叶将火炉生得旺旺的，烟熏火燎地烤热自己的手，再把女人的手捂在自己手心里，同样的办法给女人焐脸焐脚，唯恐冻坏了心爱的女人。

天气冷到了极点。到处都能看到被雪压折的树枝；冻得发紫的常青树叶；山崖边垂挂着一排排一溜溜的冰凌，偶尔在惨白的太阳下反射青光。

斗室之内，老包和他的女人用体温互相取暖。

日子依然过得飞快，一刻不停地朝前奔。眼见得草木返青冰雪融化，老包从井泵房里走出去，眺望山下的四野平畴，发现星星点点的油菜花盛开了，心里长长地舒了口气，盘算着矿上也该是开工的时候了。这一个月的工钱要手紧点攒下来，孩子快出生了还啥都没准备呢。但拨浪鼓一定得早点买，还没上山的时候女人就看上了的。

然而老包的算盘没打好，刚在矿上干了半月，女人的病就犯了，比以前的症状还重。矿长叹息道："菜花黄痴子忙。"一边给老包预支了一个月工钱，让他下山给女人买点药。

药吃上好转了许多，只是女人越发痴呆，也不知道饥饱，肚子又越来越大，老包只有一刻不离地守在跟前。有工友看他们可怜，常送点吃食或生活用品来。一天，老包去附近打水往回走，都看见锁着自己女人的井泵房了，忽听得耳边轰隆隆一阵闷响，以为要下雨打雷呢，紧接着脚底下颤抖起来，他不知道发生了什么事，一心想着女人是最怕打雷的，得赶紧去护着点。他甩掉水桶往屋里跑，脚底下却晃个不停，怎么都跑不快，老包一抬头看见他们的井泵房左右摇晃咔嚓作响，就像马上要倒了似的。好不容易跑到门口也来不及开锁，一脚踹开门板跑进去，吓傻了的女人蜷缩在墙角发抖，老包赶上前一手撑在墙角上一手拉女人入怀，正要一同跑出去，哗啦一声房子散了架，老包只觉得头和后背遭了重重一击，仿佛这辈子挨的最重的一顿打，然后就什么也不知道了。

傍晚的时候，山下村子里来了一些人，和矿上的工友一起扒开压在老包身上的水泥预制板，只见老包的大肚子女人蜷缩在老包身下，衣服上沾满了血，两只手紧紧地抱着老包已僵硬了的右臂。有人想拉她起来，可女人死拽着老包的胳膊不放，大喊大叫让老包拉她，看老包一动不动，终于清醒过来放声大哭。旁边的人都跟着落了泪。

折腾了小半天，老包的女人终于被大家送到山下卫生院的临时防震棚，次日凌晨顺利产下一健康女婴，嘴和鼻子像极了老包，皮肤却比她妈妈的还要白。

两个月后，老包的女人背着孩子上了山，在老包生前工友的帮助下在临近井泵房的地方搭了个窝棚，每天给矿工们烧开水，一暖瓶水五毛钱。工友们都说老包女人的病彻底好了，因为他们试验过，要是开水钱给少了她不依，给多了又不要。只是有人问她背带里的孩子叫啥名字，她会眉开眼笑地告诉人家："老包。"

石榴花开

大肚子的蔓儿站在屋后的石榴树下,眼巴巴地朝树上张望,想要在满树的石榴花中发现一朵不一样的。那是筒状花蕾的,比别的花要开得稍晚一些,不像它们一到五月就等不及地争奇斗艳,燃起一树花火。

看看隔壁五奶奶家院子里的石榴树还是满树的浓绿,团团的新叶子像重重叠叠的翡翠碎片,阳光下闪着细碎的光芒,甚至将叶下微微吐露的红艳艳的颗颗花蕾都遮掩住了,仿佛那是一棵不准备开花的树。

事实上,五奶奶家的石榴树不过比蔓儿家的开花晚一些而已,更大的区别在于蔓儿家的石榴树年年只开花不结果。

蔓儿家的石榴树其实是有果实的,只是小得可怜,味道又酸又涩,还不如不结果;而中秋节,蔓儿家里吃的石榴一定是五奶奶踮着小脚送过来的。

可是今年不一样,对于快要当母亲的蔓儿来说,她一边憧憬着做母亲的幸福，一边在心里藏了个深深的愿望，就是她家的石榴树能像模像样地结一次果。

蔓儿曾经托人请教过镇上的农技员，为什么同样都是石榴树，却有的结果有的不结果。带回来的答案说她家的是花石榴而五奶奶家的是果石榴，是不同的树种。

蔓儿对人家的解释有些不满意，但她又不好意思亲自去问问。她是个腼腆的人，常常怕羞似的低眉垂眼。就像此刻，她在树下张望的工夫，五奶奶早就看见她了，笑眯眯地隔着院墙递过来几个黄黄绿绿的杏子，蔓儿也是笑着接住，却也不说一句话。

还是五奶奶先开口：快了吗？要生在八月里？看娃脸上白净的样子，保准是个胖小子！语气里充满了疼爱和怜惜。

蔓儿是五奶奶隔院看着长大的，就像自己的孩子一样知根知底，原本要娶过去当孙媳妇的，只是蔓儿爷爷死活不同意。

五奶奶也不生气，完全能理解的。蔓儿她爸时已是三代单传，还早早地去了，留了蔓儿这一个独苗闺女。蔓儿刚到婚嫁的年龄，爷爷就放出话来：蔓儿是不出嫁的，一定要招上门女婿，将来生了孩子得跟上他们家姓，甚至女婿也得改姓他家。

就算蔓儿性情温顺，人也生得标致，可这招婿的条件还是吓退了很多小伙子。最后爷爷让了步，不要求女婿改姓了，但是生了男孩得跟他姓，女孩就无所谓。

后来就有了蔓儿现在的女婿——邻村的张小五。他和蔓儿是高中同学，是一个机灵能干的小伙子。

小五才不计较孩子将来跟谁姓，他当学生的时候就看中了蔓儿的温柔标致。再说了，他家弟兄五个，大哥、二哥和四哥娶完媳妇，家中已经是负债累累。嫂子们还常常因为家里穷给自己的男人和公婆甩脸子，日子过得一点都不顺心。三哥外出打工都好几年了，一心要等攒够了钱盖了新房才娶媳妇，到现在还光棍一条呢。

蔓儿和小五结婚的那天，全村人都来贺了喜，事情办得和娶媳妇一样热闹体面。就连和蔓儿家为争地界骂过仗的李秃子，也在婚礼上送了条大红毯子。

那年就因为李秃子恶毒地骂过蔓儿家"断子绝孙"的话，两家互不往来十余年。借这次蔓儿招女婿，李秃子赶紧地送个礼算是赔礼道歉。两家自此冰释前嫌，又成了抬头不见低头见的热和乡亲。

蔓儿对新女婿从长相到人品都很满意。所以结婚那天，她一直都在笑，嘴角弯弯地翘起来，眼睛比平日里更加明亮，人便越发地妩媚。

媒婆在酒席上大声夸蔓儿是村里最好看的新娘子，羞得蔓儿把头低了又低，簪在鬓边的石榴花在新郎的西服领口上被蹭掉了好几次。也不知新郎官小五啥时候做了准备，在兜里藏了一大把石榴花，每掉一次他就给蔓儿再簪上一朵，迎来满院子热烈的哗笑和几许羡慕的目光。

蔓儿可是在婚礼上占尽了风光，唯一遗憾的是晚上闹洞房有点冷清。因为蔓儿是自己村里的姑娘，总有些沾亲带故，来闹洞房的小伙子再怎么也不好意思戏弄她。大家无非是进去坐坐，客客气气地抽根烟吃块糖便走了，早早地给新人留一个二人世界。

正是石榴树开花的季节，蔓儿的新房后窗底下就是她家的老石榴树。碗口粗的树，东倒西歪地朝四周伸展，看起来就像五棵树，其实只有一根树干。灰褐色的老树干上丛生着黄黄绿绿的嫩枝条，许许多多红硕的花朵就附着在这些枝条上，红艳艳的，开得热烈而放纵；还有一些刚刚吐露了点艳红的花蕾，一嘟噜一嘟噜地挤在一起，仿佛装满了花语的宝瓶，只有经过阳光的抚慰才肯慢慢打开，抽丝剥茧般倾吐三春之后的花事。

爷爷曾经说过：这是棵上百年的老石榴树，比蔓儿的太爷爷还要老。蔓儿对她的太爷爷没有丝毫印象，似乎是她还没满月时，太爷爷就离世了。

可是爷爷却时时地要提起，说都是因为那年屋后的石榴树一年里开了两次花，还有蔓儿的出生，他们沈家才在一个月之内折了两口人——先是蔓儿没见过面的父亲在煤矿上出了事，紧接着生蔓儿的那天，太爷爷听说出生的是个女孩子，当下就病倒了，没等到重孙的满月酒便撒手而去。

爷爷从此没有了好脾气，变成了一个性格古怪的倔老头，一天到晚只管侍弄家里的几亩承包地，活儿干累了就蹲在田间地头骂人，也不指名也不道姓的，可村里所有人都知道那是在骂蔓儿的娘：不争气的败家子，养了个闺女祸害人。

听起来，爷爷是那样地不喜欢蔓儿，甚至是讨厌和憎恨的。可是一旦从外边进来，他就不作声地抱起乖巧的蔓儿去屋后的空地上玩耍，直到母亲做好了饭才回来。

吃饭的时候，母亲往往连大气也不敢出，更不敢看爷爷一眼，垂着好看的双眼皮将饭碗递给爷爷，然后在一边侍立，等着再次盛饭。

到了蔓儿小学毕业的时候，母亲才显得不像以前那样怕爷爷了，一家人终于可以同时吃饭了。爷爷的饭量已经减到只吃一碗，而且速度明显地慢了下来，间或在饭间问问地里庄稼的长势，就再也不说话了。

蔓儿已经习惯了这样沉闷的家庭气氛，也逐渐明白了自己在这个家的特殊地位，那就是一个不重要却万万离不得的身份。

当年蔓儿的出生，给过爷爷太大的失望和打击。爷爷嫌她是个不能传宗接代的女孩子，但又只能靠这个女孩子将来顶门立户。

蔓儿母亲几次提出想改嫁，爷爷都不答应她带走蔓儿。于是，母亲干脆断了念头，留在家里安心喂娃过日子。母亲在这么多年的艰辛日子里，一边盼着蔓儿快快成人，能从这个闷死人的家里走出去；一边又担心只要有蔓儿的爷爷在，蔓儿即使长大了也是走不出去的。

可是女儿的想法和母亲不一样，蔓儿就压根没有想过要从这个家里走出去。她心疼母亲，常常觉得欠母亲太多。真的，要是当年母亲撇下她改嫁别处，那她就会是世界上最最不幸的人，还不知道能不能活下来呢。所以她从小就听话，听爷爷的话，更听母亲的话。参加高考的那年，爷爷和母亲的意见很不一致。依爷爷的想法，是不要蔓儿参加高考的，说考取了也不要去上。第一，家里没有那么多钱供她上大学；第二，女子无才便是德。母亲向来不敢违抗爷爷，这一回却像变了个人，坚决支持蔓儿参加高考，甚至绝食了两天。最终是蔓儿参加了高考，但成绩却不太理想，只好结束了学生生涯，在家帮母亲和爷爷种地。

这一回，蔓儿能找个自己称心的女婿，做母亲的心里比谁都高兴。看着小两口和和气气商量着过日子，母亲心头和爷爷肩头同时放下重担，这个家就交给两个年轻人了。

只是爷爷最后的心愿还没有实现，就是指望蔓儿能生个男孩子跟他们家姓沈。

蔓儿又何尝不想让爷爷高兴。自从怀孕，她就感到爷爷的心情比原先好多了，性情也温和了不少，就是撵起小鸡来也不像从前那么凶巴巴地吆喝了,而是轻嘘几声,生怕吓着谁似的。

她明白爷爷的心思,但也不知道自己到底能不能生个男孩子。

其实在内心深处,她是排斥生男孩的。是的,为什么男孩子就那么值钱?女人又有哪一点不如男人?在村里,女人和男人一样种地干活儿。回了家,男人就可以休息了,女人还得做饭洗衣服,来了客人还不许上桌吃饭,只能躲在厨房的角落里。

生活对于女人的不公平,蔓儿从小牢牢地记在心里,时时有个惊人的想法:若将来自己有了女儿,一定好好待她。让她多读书,靠自己的本事吃饭,也像城里的女人一样和男人平起平坐。

有了这样的心思,蔓儿在抚摸肚子里不时踢蹬一下的小生命时,就已经把他(她)定位成女儿了。她想象女儿会是什么模样,常常想着想着一个人忍不住笑出声来,笑完了又觉得有点对不住爷爷,心里很是内疚。

于是,蔓儿更加孝顺老人。小五在镇子上的建筑工地干活儿挣回来的钱,除了一家人的生活用度外,蔓儿一定要拿出一部分来给爷爷和母亲。虽说乡下花钱的地方少,可小五说老人手里有点钱才觉得踏实暖心,还常从镇上给爷爷买些松软可口的零食。

一天,小五问怀着身孕的蔓儿想吃啥,蔓儿说想吃石榴。这下小五可为难了,才刚刚进了五月,石榴树仅有点开花的意思,果实在哪里呀？

看小五一筹莫展的样子，蔓儿扑哧一声笑了出来，说她就想今年八月里吃上自家石榴树上结的果实，又大又红像五奶奶家的一样。另外还有个没说出口的心病，就是蔓儿始终记得爷爷曾经说过无数次，现在才不说了的话：都是因为当年屋后的石榴树一年开了两次花，还有蔓儿的出生，他们沈家才有了种种的不如意。

蔓儿知道爷爷还是爱她的。可就是这一句话，像根刺扎在蔓儿的心里，先是让她恨自己和石榴树，时时自卑着，每见石榴花开就觉得自己和石榴树一样同时做了坏事；每见地上一朵朵像塞满红绸的小铃铛一样的落花，总要狠狠地踩一脚。有时候右脚踩到了左脚上，钻心地疼，可却觉得那样解气。

然而，随着她慢慢长大，尤其上了中学后，又读了很多课外书，蔓儿开始不太在乎爷爷说过的那句话了，甚至在心里千万遍地反驳：当年家里遭遇的不幸根本就与她和树毫无关系，凭什么让她们背了这么多年的黑锅！

也就是在那时，蔓儿完全把自己和石榴树当成了一体。每年到了花开的时候，蔓儿就好像是到了自己的节日一样，是那样欢喜和兴奋。

她常常站在满树的花影下，嗅着略略透着苦味的花香，心里格外宁静。有时候，蔓儿忍不住伸手摸摸翠绿的树叶，只轻轻地一触，那柳叶状的树叶就像一条鱼似的滑向掌心；凑近鼻子闻闻，一样的淡淡的苦香；索性放嘴里嚼嚼，苦涩蔓延，一直到心底，仿佛母亲和自己一起走过的路。

有落花的时候，蔓儿不再去踩它，只把它捡起来，抽出一瓣瓣绸子样的花瓣来，在手心里捂蔫了然后再揉碎。鲜艳的花汁渗出来，涂在指甲上代替指甲花，而那时节，指甲花还没有开呢。

就这样，蔓儿像爱自己一样爱着屋后这棵上百年的石榴树，年年看着它开花，却年年吃不上它结的果。

如今自己就要当母亲了，蔓儿多么希望石榴树能和她一样有自己的果实，不再让别人说它开的是"谎花"。这才给小五说她想吃自家的石榴。

小五把蔓儿的话放在了心上，还真去了趟镇上的农技中心咨询，技术员二话没说，先跟上小五来家里看了一回，最后明确地说：这是一棵比较少见的老品种多瓣观花石榴，是不结果的，即使有一些小小的果实也不能吃。并且给小五和蔓儿详细地讲解了花石榴和果石榴的区别。

蔓儿听得最明白的就是在同一棵树上怎样区分结果的花和不结果的花。花蕾是筒状的就是结果的，花蕾是钟状的就是不结果的。她这才想起自家的石榴树上开的花总是像个小铃铛一样，怪不得不结石榴呢。

技术员还说：如果旁边再有一棵石榴树，异花授粉还是有结果的可能的。至于果实的味道那可就差远了。其实你们不必要求它挂果，要是利用这棵树上的枝条多繁殖一些观花石榴树，搞花卉栽培，是很有前景的。像这个品种的石榴树，要是培育得好又有适宜的温度，一年至少可以开两次以上的花。

技术员的话轻轻松松拔去了蔓儿心头的那根刺。她是多么希望能让爷爷亲耳听到，那他就再也不会怪罪无辜的石榴树了。其时，爷爷已经中风卧床两个多月了，吃喝拉撒全在床上。蔓儿母亲一声不吭地尽心侍候。患了病的爷爷虽然手脚不方便，口齿也不大清楚，可心里却明白着呢。

蔓儿想要把技术员说的话转达给爷爷，到了病床前却被母亲用眼神制止了。可是爷爷能看出来蔓儿是有话要说的，便打手势问了。蔓儿却说村里请了邻镇的木偶戏，晚上要演爷爷最爱看的《斩单童》。老人的眼睛立刻亮了一下，随即用颤抖的手指了指自己不能挪动的腿，意思是自己身体都这样了，还看什么戏。正好小五进来了，大着嗓门喊爷爷，说晚饭后他背上爷爷看戏去。爷爷一个劲地摇头，目光里露出少有的温和笑意来，再吃力地指指蔓儿。大家就都明白是让照顾好孕妇，照顾好他未来的重孙子。

小五是说话算数的人，晚饭后果然背着爷爷去了戏场。蔓儿嫌人多嘈杂，待在家里和母亲给即将出世的小宝宝缝衣被。

213

娘儿俩面对面坐在一起，母亲头一次非常郑重地说：蔓儿，你这一回可好歹要生个男娃，你爷爷他就能合上眼了。还有你没见过面的父亲，都是苦命人哇……

话没说完母亲的眼圈先红了。蔓儿也觉得心里怪难受的，闷闷地不再作声。

终于到了分娩的这一天，一家子没有一个不紧张的。小五和蔓儿去了镇上的卫生院，母亲在家照料爷爷没有一同去。孩子是半夜里出生的，女孩，足有七斤半重。

第二天天一亮，蔓儿还在睡梦中，小五就蹬上单车跑回家报喜去了。当然先告诉了母亲，母亲听说是个女娃，并没有多说什么，知道母女平安也就放心了。只是怎样去给爷爷说呢？母亲忖量再三，决定先瞒上一时再说。于是，母亲告诉爷爷说蔓儿还没有生哩，可能还要两天。

直到一家三口乐呵呵地从卫生院回来，瞒是瞒不住了，只好告诉了爷爷。母亲说爷爷这回要是发脾气不定会出什么事呢。可奇怪的是，老人居然很平静，一句话都没有说，只是吃力地把脸转向墙壁，而母亲却分明看见爷爷眼角的泪珠慢慢流到嘴里去了。

喝满月酒那天，小五抱着孩子在院子里给客人敬酒。蔓儿悄悄去厨房给爷爷单独盛了碗八宝米饭送去。整整一个月没见爷爷的面了，心里怪惦记的。

爷爷明显地瘦了，颧骨突出，眼窝深陷，睁着两只失神的眼睛朝着门口发呆。蔓儿叫了声"爷"，不见答应，又叫了一声，爷爷却闭上眼睛把脸转过去了。

蔓儿一时心酸，忍不住掉下泪来，哽咽着说：爷爷，我知道你嫌生了女娃不随心，可是由不得人。再说女娃到底哪里不如人啊，我也是个女娃子，还不是照样给咱家顶门立户？蔓儿不由得声音大了起来，惊动了母亲。她跑过来一边推蔓儿出去，一边数落：刚刚满月啊，怎么就敢淌眼泪呢，还不把眼睛弄伤了？你爷爷有我照看哩，不用你们管！

后来，不管是蔓儿还是小五给爷爷盛饭，爷爷一概不吃，说话也不理睬。蔓儿知道爷爷将满心的怨恨都加在她和小五身上了，而且一时半会儿是消除不了的。蔓儿干脆不去惹老人心烦，只让母亲一人去侍候，自己常常抱了孩子站在窗户外边看爷爷，好几次想要进去让爷爷看看孩子却又不敢。

本来要让爷爷给孩子起个名的，现在只好自己给起了，可是也起了个顺口的，就叫"石榴"。

一天，家里来了客，是和蔓儿一个村子里长大，后来嫁到外村去的春梅来找她玩。蔓儿好几年没见春梅了，春梅结婚早，听说孩子都两个了。可是一进门，蔓儿就发现春梅至少有五个月的身孕了，不过穿着宽大的衣服，看起来不明显。

三言两语间，春梅就说了她是来蔓儿家躲避镇上的计划生育干部的,说人家要把她领去做结扎手术。她刚跑回娘家,水都没来得及喝一口,前院里春梅的婶子就报信来说,计生干部找到村里来了。春梅只好又跑来蔓儿家。

因为是从小一起长大的,蔓儿也不怕得罪春梅,就直接问道:你不是有两个娃了吗,生那么多不嫌负担重?

春梅说她已经生了三个孩子,全是女娃。婆家一家人给她白眼,犟牛一样的丈夫非要生个男孩子不可。老三生下没几天就送给了外地人,一来嫌是女孩,再则怕镇上罚款。这回一怀上就请了老中医和风水先生看过,保证是个带把儿的,这才东躲西藏一定要生下来。

两个人在屋里正说着,忽然门口进来三男一女四个人,嚷嚷着找寻刘春梅。是计生干部追到蔓儿家来了,这下被逮个正着,再也没处躲了。春梅一副通情达理的样子跟上干部出了门,没走两步却又折回来说衣服忘在蔓儿床上了。也不等蔓儿反应过来,春梅已径直奔进蔓儿的卧室。几个人在外边等了两三分钟不见出来,唯一的一个女干部进去一看,早没了春梅的人影。只见窗外的石榴树树枝摇摆得厉害,原来春梅是从窗户爬出去顺着石榴树下地跑了。

三个男干部分头去找春梅,女干部坐下给蔓儿讲了一通计生政策。可能说话的嗓门有点大,对面屋里的爷爷开始抗议,大声地咳嗽喘气。蔓儿知道爷爷是不欢迎这个女干部,赶紧说要去看爷爷,将女干部送出了门。

　　日子过得实在是快,一转眼就到了第二年春天,小五请来镇上的农技员给自己指导繁殖栽培花石榴。上次农技员的话给蔓儿的触动很大。当时她就想,如果自家的石榴树真是不能结果的话,那就像技术员说的那样光开花,而且多培植一些出售,说不定还是件好事呢。小两口一边逗怀里抱着的小石榴,一边商量着如何搞石榴栽培,最后决定请技术员来指导。

　　两个人把爷爷和小石榴都交给母亲照料,起早贪黑地忙活了好一阵,终于按技术员的要求扦插了几百株屋后石榴树上的石榴枝。那东西长起来可真慢,又过了一个四季才生了根,然后把它们全部移栽到花圃里等着慢慢长大。

　　因为头年搞扦插将老石榴树上的新枝条几乎剪光了,结果老石榴树只稀稀拉拉地开了为数不多的几朵花。蔓儿既惋惜又心疼,幸亏没有让爷爷看见,要不又会说是什么不祥之兆。

　　好在爷爷有母亲精心照料,并不像村里别人家中风的老人一样,顶多在床上磨个一年半载就谢世了,而是一直干干净净地养病,甚至比前两年还好了一些,能够自己坐起来了。

　　培植的石榴树准备出圃的时候,蔓儿怀里的小石榴已经会奶声奶气地背诵"鹅鹅鹅,曲项向天歌……"了,也会把石榴花呀野菜呀什么的拌和拌和,放在大大的树叶上,给她的太爷爷送去当饭吃了。

蔓儿不知道爷爷到底是什么时候接纳和喜欢小石榴的。可是必须承认的是，爷爷的确爱这个活泼可爱的重孙女。

蔓儿偷偷地观察过好多次，只有小石榴出现在爷爷面前的时候，爷爷才会有难得一见的笑模样。要是小石榴背诵古诗或者唱儿歌，爷爷更是听得高兴，有时候口水从嘴角流下来都不知道。每当这时候，蔓儿心里就舒一口气，爷爷思想上总算拐过弯来了。

小五跟上拉石榴树的车跑了趟南方。树苗卖了个好价钱，他心里跟喝了蜜一样甜，手里头一次攥着上万元人民币，既紧张又兴奋地在那个车水马龙的城市里转悠了三天，给一家老小各买了礼物。尤其给爷爷买的东西最称心，是一把不锈钢的折叠式轮椅。这回爷爷就能坐着轮椅去看戏了。虽然近两年爷爷开始搭理小五和蔓儿了，可是再也不让小五背他去看戏了。也就是说，爷爷有四年没有出过门了。小五常和蔓儿说，人老了又有病怪可怜的，这回孝敬孝敬老人家，说不定爷爷的病都要好一截子呢。

回家的路上，小五想着怎样给蔓儿描述城市的繁华和热闹，城里女人怎样穿着遮不住肚脐眼的衣服招摇过市，以及城里种种的新闻和怪事。有一桩怪事只怕蔓儿不见得相信，就连小五也是亲眼见了才信的，那就是世上还有一种最美的石榴——牡丹石榴，明明是石榴树，却开着牡丹一样大的花。那种石榴花开的壮观和气派是小五做梦都不曾见过的。当时在人家比他的要大上一百倍的花圃里看见牡丹石榴时，小五觉得自己简直是走进了电视上看过的王母娘娘的后花园。

大饱眼福之后，小五这才弄明白，自己的石榴树苗被运到这儿来是为了再次嫁接繁殖牡丹石榴的，而一株牡丹石榴的价格居然是普通石榴树的十倍多。他心里一盘算，为什么不自己一次嫁接成牡丹石榴再出售呢？那可是一本万利啊。只是不知道当地能不能栽培，还得回去请教技术员，当然更要和蔓儿商量商量。

带着满面喜气回了家，还有桩喜事等着小五——村里和镇上将小五评成了"孝敬公婆的好儿媳（婿）"代表，通知他第二天去镇上参加表彰会。一家人热热闹闹吃了个晚饭，爷爷坐在轮椅上来到了几年不见的饭桌前。小石榴看母亲给老人喂饭，非要自己也学学，弄得爷爷的胡子上沾满了饭粒。可是爷爷高兴，用一只稍稍有力的手拉小石榴到跟前，慈爱地端详着孩子，眼睛里盛满笑意。

表彰会一开完，小五就去农技中心咨询栽培牡丹石榴的事宜。技术员告诉他，这种石榴树在当地一定能栽培。只是引进树种需要很多的资金，可不是一两万块钱就能解决问题的。这下给兴冲冲的小五泼了盆凉水，如何弄一笔投资的钱呢？

小五回去和蔓儿嘀嘀咕咕商量了大半夜，最后决定贷款投资，放开手脚干一番。

蔓儿一直很支持小五，这回更是信心百倍地说要和小五一起出门购树种。

小两口熄了灯说悄悄话的时候，蔓儿在小五怀里不好意思地说：明天你去镇上办贷款时我也去，顺道在计生站放个环，要不又有了可就累人了。小五故意装作没听懂，一连声地问要不又有啥了，一不留神被蔓儿从臂上狠狠拧了一把，忍不住嗷地叫了出来。吓得蔓儿赶紧去捂他的嘴：先人，爷爷还没睡呢，小心让他老人家听见了。

透过窗帘的缝隙，果然能看见爷爷的房里亮着灯。

老人真的没有睡，前面小两口商量贷款的事情时，爷爷就坐着轮椅在他们的窗户底下，本来是要叫小五扶他去解手的，却又转着椅子回去了，正吃力地趴在床沿在装衣服的木箱子里找他的宝贝烟嘴。那是一个纯色的翡翠烟嘴，是祖上留下来传给儿孙的，他要把它拿给小五和蔓儿去换钱。

五月的夜晚温暖而迷人，连风都是微醺的，不管不顾地将略略带点苦味的石榴花香满院子弥散，氤氤氲氲陶醉了一家人的梦。

支书永泽

村支书永泽刚刚出嫁的女儿"三天回门"来转娘家,小两口给父亲拎来一瓶五粮液、一摞秦腔光盘。永泽好酒好秦腔,是村里尽人皆知的。

当地出嫁的女儿"三天回门"是个老规程。三天前嫁出去的女儿永远是别人家的人了,现在转回娘家来就是做客。永泽的老婆一大早就忙着准备今天的中午饭,早饭时女儿女婿尚未到来,就吃得简单点,油茶泡馍了事。中午饭包的是香菇馅的饺子。香菇是自家特产,拣上好的摘来,洗净、剁碎,和上肉末、大葱、香油一拌,隔着饺子皮都能闻到香味。下饭菜是竹笋、蕨菜、木耳、土鸡,该炒的炒,该拌的拌。永泽的老婆模样一般,做饭的手艺却很不错。也是应了本地一句话:没人才了还有好茶饭。一样是个攒劲女人。

一家人围坐着吃饺子,永泽的父亲笑呵呵地拿出两枚银圆给了孙女女婿,也是行的当地的规程。看到还在上学的十六岁孙子眼馋，这做爷爷的仍然笑着，给孙子说：等你上个好大学，有份好工作，再找个好媳妇，也一样给你有银圆，还要比给你姐姐的多哩。这老爷子分明是重男轻女，却也没有人去计较，倒惹得一家老小嬉笑乐和了半天。

　　永泽把女婿拿来的五粮液打开，给老父亲满斟了一杯，又给去世多年的老母亲满斟一杯，祭奠了一番，和父亲碰杯，然后代母亲一饮而尽。永泽的家是个幸福和美的家庭，老少三代，儿女双全。今天在女儿女婿面前，永泽第一次感受到作为老丈人的自豪和骄傲，这酒就喝得格外理直气壮。三两杯之后，他给女婿也满斟了一杯酒，看着年轻人喝下去，然后说：以后别再买这么贵的酒了，有那闲钱留着好好过日子，我和你爷爷喝惯了"二脑壳"，倒觉着这名酒不够劲。女婿连连点头，一副诚惶诚恐的样子。只有那才做了新娘的女儿，在一旁瞅着咪咪地笑。永泽又给女婿说：我饭后还有要紧事，既然你们来了，就帮着你娘给那二亩地的魔芋施肥去，眼看要错过当口了。

　　永泽的老婆数落了自家男人几声，说：看你这老鬼，咋就等得这好日子来，女婿娃连凳子都没暖热乎，你就给把活计安排下了。可是永泽已经离开饭桌，背着双手出门去了。浅灰色的夹克衫披在肩上，空袖管随着脚步的交替前后晃荡，十分惬意的样子。他才出得自家院门，迎头就碰见后梁上住的永生，蔫头耷脑的模样，说媳妇和娘闹矛盾，难死他一个大男人，没

222

治了找支书给调解调解。永泽没好气地啐了一口，骂道：把你个没出息的！还是男人哩，谁家的阿家和媳妇没矛盾？都像你一样不会解决，都来找我，那还不把我给忙死？难道我这支书就是给你们断家务官司的？赶紧回去，我还忙着哩！可是永生却不走，跟上永泽到前坝的永厚家去了。

这小小的铜锣村，百十来户人家，大多是罗氏一祖之后，起名字也是有字辈的。永字辈是一代，忠字辈又是一代。支书永泽要找的永厚，算起来也是一个未出五服的堂兄弟，跟在永泽屁股后面的永生，比永厚家还要近一点。永泽找永厚，不为别的，是为村上建文化广场的事情。前些时候广场选址，正好选中永厚家一块地。眼看工程马上要招标了，广场修建在即，可是永厚却寸土不让。这回是永泽第三次登永厚家的门了，他趁着今天心情好，打算好好给永厚再做做工作，让他以大局为重。

几杯好酒在肚里垫底，永泽随口就吼一声：呼喊一声绑帐外，不由得豪杰笑开怀……也不管后边跟着的堂兄弟永生。来到永厚家院里，正好永厚的老婆在院里洗衣服，看见他俩进院，不冷不热地招呼一声，就只管干自己的活儿去了。永泽问她：你男人哩？在家没？永厚老婆粗声粗气地回答：没在！

干啥去了？

我也不知道哩。干啥去了人家也不给我说。

那你当的啥掌柜嘛！下回你干啥去也不告诉他永厚，就让他着急去。

听永泽开自己的玩笑,永厚老婆这才停下手里的活计,口气稍微温和了一点,问永泽可是又为那占地的事情来。永泽干脆蹲在院边一块大方石上,给她比画未来的文化广场的样子,说只要广场一建起来,村里人就有活动的场所了。到时候大家吃完饭就可以去广场打篮球、乒乓球和羽毛球,还能跟上录音机跳广场舞。广场舞可是城里女人最热门的健身活动,跳着跳着,女人们的腰就软和了,腿也健美了,穿啥都好看,男人们看着心里也就更爱了。

听了一会儿,永厚老婆先前紧绷的脸总算有了笑意,她大声说:支书哇,你倒是说得没错,听得我都想赶紧到新广场上跳舞去哩。可是我就想不通,为啥修广场就非要占我家的地呢?我们家的情况,别人不知道你还能不知道?当初永厚他爹娘分家的时候,就给我们分了一点地,大部分还在山上,唯一一块平整点的坝地,年年就指望它种点粮食,一家子糊口哩!这下好,你们说要建广场,一看就看中我们的坝地了。我也知道跳舞是好事情,可要是饿着肚子跳舞,你回去问问你娃他娘,看她愿意不愿意哩。

永泽知道这永厚的老婆因为人才好,长得比别人家的媳妇都漂亮,又一向口齿伶俐,在家是要做一半主的。他只得耐心地再次声明:修广场也不会白占你家的地,不是说过要给你们换一块同样面积的地块吗？不会让你们吃亏的。永厚老婆不等他说完，就给他回话了：换？说得倒是好，可要用山地换我的坝地，你回去再问问你娃他娘，看这事情遇到她身上，她愿意不愿意？永泽不想再和女人纠缠，也不吭声了，只管抽出两支香烟，递一支给站在一旁的永生。永生倒是挺有眼色，急忙拿出打火机给永泽把烟点燃，自己也点上吸一口。

一支烟抽完，永泽问永生：你媳妇和你娘闹矛盾为啥来？永生嗫嚅着说：我娘嫌媳妇煮的面条太硬，我媳妇却说我娘一天闲着不干事，有的是时间慢慢嚼面条。两个人就这样吵上了，都要我说句公道话，我谁都不敢说啊。永泽又问：你娘今年多大岁数了？永生扳着指头算了好一阵儿，说过年就整八十了。永泽连气带笑地骂永生：孱头！回去给你媳妇说，就说我说的。让她别再干活儿了，也闲着，给她一捆铁丝叫她慢慢嚼去，反正她还年轻，又有的是时间！永生眼巴巴地看着永泽，弄不懂这支书给自己出的是好主意还是坏主意，倒是永厚的老婆忍不住扑哧笑出声来，随手给永生甩了一把肥皂泡，笑骂道：永生，你这蔫货，你娘养你不容易呢，还不回家给你娘撑腰去，跟在支书屁股后面算啥哩。让俩人一番奚落，那老实人永生这才怏怏地离去了。

永泽抽完第五支烟的时候，永厚才从外边转悠回来，招呼永泽进屋坐。半小时后，永泽窝着一肚子火走出永厚家，连永厚老婆留他再坐一会儿都没理，径直回了家。

永厚在换地的问题上，提出了新要求。他要换永泽家后边的一块沙土地。永泽知道他家那块地最适合种植洋芋和魔芋，沙土透气性好，不容易板结。自从村里大面积种植魔芋，就数他家那块地的产量高。永泽倒不是舍不得他这块地，是有个特殊的原因——他母亲的坟就在那块地里，现在要换给永厚家，他也只能做一半的主，关键是要让老父亲同意。将来父亲百年之后，也还是要葬在母亲一旁，到那时地块是人家的了，老人家就有寄人篱下之嫌。

肚子里窝着火的永泽，一声不吭地回到自己家，看到女儿女婿还在堂屋里坐着聊天，压根没按他的安排去地头干活儿，不由得气就上来了。永泽待要发火骂几句，却还是碍着新女婿的面子，没能张口，一转眼看到柜上的酒坛子，索性拿一只小碗，倒出半碗"二脑壳"，咕噜咕噜喝了。他将碗重重地一放，进屋倒在炕上睡了。老婆看他那样子，知道是又在外头受了闲气，当着孩子们的面也不好问，便给女儿使了个眼色，娘仨拿上农具出门下地去了。

只有驼着背的永泽的父亲，不放心儿子，跟进来问他：又咋啦？永泽哪里敢说永厚提出的要求，只说没事没事，心里烦，让老父亲出门转悠去，他一个人躺着歇一会儿。

人是歇着了，心却没闲着。永泽想想自己这两年当村支书以来，的确没有少受气。为了工作的事情，在镇上受领导的批评，半路让难缠户堵住骂娘，回家来老婆还要唠叨，说他只管公家的事，就是不顾家。这不，年前全村实施圈舍改造，村里百分之九十的人家都把牛圈、猪圈由原先被称作"气死狼"的旧圈舍改成了新型圈舍。"气死狼"是群众对当地老式圈舍的戏称，是由矮土墙筑成的圈舍，留一个牲畜进出的豁口，再用粗细不一的木棒交叉堆叠在一起，在豁口处像栅栏一样起着门的作用。狼来了，隔着木栅栏能看见猎物，却进不去，就只有气死的份儿了。可只有永泽家到现在还把猪养在旧圈舍里，按说应该他家带头改造，可偏偏永泽忙着给这家那家做指导，把自家的就放在后头了。他老婆唠叨也没用。这一阵子，大家都看着永泽的确是忙。一开春，各种各样的农活儿就上来了，各种各样的工作也等着他去干。自家的活计和村上的工作争着抢着要找永泽，你顾了这头就顾不上那头。事赶事都赶在这春天里，就像田野里的小草小花，追着赶着地发芽开花，谁都不肯放过这大好的春光。

　　行伍出身的永泽，当年在部队的时候就是排头兵，年年被评为先进。如今在村上工作，永泽依然没丢掉事事争先的作风。去年镇上安排的几项重点工作，铜锣村就走在全镇十二个村的前头，年终工作总结名列第二。永泽在年初的三级干部会议上领完奖，出来给村主任说：要不是我们的自来水工程拖后腿，早就拿上第一名了。村主任听了没吭声,是不好意思。当时挖埋自来水管,就是村主任的亲家挡着不让从他家门前过。为那事硬是拖了半个月时间,嘴皮子都磨破了,村主任的亲家才勉强答应,结果进度也就受了影响。永泽常为了这样的事情气恼,村里总是有些人思想落后,明明知道一些公益性的事情是给全村人办好事,但就不肯牺牲一点个人利益。尤其是近年来,家家都有外出务工的人员,从城里挣来大把的钞票,也带来城里的自私风气——人人最看重的是利益,但凡有涉及个人利益的事情,就连亲戚都不肯给面子,都要争一争。

　　永泽记得从前的村庄可不是这样没有人情的,大家都是好说话的。那是改革开放的头几年,永泽刚当了村主任。但凡村里修桥铺路、集资建戏台,需要谁家的地方或者木料,谁家就会很慷慨地拿出来,也没说要向村上提什么要求。看看现在的情形,永泽常在没人的时候嘀咕几句:都说改革开放的成功,咋就没人看到人都变自私了呢。可是嘀咕归嘀咕,事情还是要办的,谁让自己就是这爱操心的命呢。永泽常常为了村上的事情,耽误了自家的活计,被老婆数落,甚至挨骂,永泽却也不吭声。他知道自己理亏,有时候心里也觉得吃亏呢。前天他老婆在喂猪的时候还吵吵:气死狼,气死狼,我看这不改造就是要气死我这个娃他娘!正好永泽才从镇上开会回来,听得心里发笑,想这只有初中文化的老婆,编起顺口溜来还能押上韵脚。

想起前天在镇上参加的会议,永泽忽然很开心,竟然偷着笑了一回。那天的镇村两级干部会议,内容是给建文化广场这项工作拧螺丝。分管这项工作的乡党委副书记通报了各村文化广场建设的进度。这回铜锣村是最后一名,相邻的响鼓村、石磨村、桂花村等其他各村都有不同程度的进展。但是永泽也不忙,他知道铜锣村的地理位置在镇上的重要性,这是唯一一个靠近公路的村子,是各级领导去镇上的必经之路。永泽这样想,工作我尽力了,进展不快也不是我一个人的责任,谁见过镇上的干部下来给农户做工作?即便人家提要求,那也不是我一个人说了算的事。再说,这面子上的工程搞不好,首先丢的是镇上的脸,你们不忙我也就不忙。

正在胡思乱想中,镇长点了永泽的名。像是看透永泽的心思一样,镇长很高调地批评他:罗支书,你也是个老干部了,也不用我再强调这项工作的重要性了。至于你们怎么干,那是你们的事情,我能给你的,就是政策上的支持。政策能不能把握好,就看你罗支书咋样领悟了;事情落实得咋样,也看你罗支书的魄力了。有时候,一个小小的契机,却是一个村庄乃至一个乡镇大翻身的关键。就这回修建广场的事情,我就看你罗支书能不能抓住这个机会了。

永泽当干部这些年,镇上的领导也见得多了。有实干的,也有不干的;有干了不会说的,也有不干光会说的;有爱在领导跟前表功的，也有投机取巧糊弄上面的。总之，各色干部都有。他们在永泽眼里都是稀松平常的，他有自己的老主意：铁打的营盘流水的兵。你们镇上的干部是三五年就一换届，为工作得罪了人，拍拍屁股一走就一了百了。可我罗家世世代代在这村里，得罪了人就是祖祖辈辈挨骂的。不要看你镇长说得好，还既要压制我又要激我，我就给你个软硬不吃。至于工作该咋干，我心里自然是有数的。虽说这回进度是慢了点，但我有我的实际困难。你以为就你急，我就不急吗？这样想着，永泽干脆没表态，自顾自点了支香烟，没事人一样地从会议室踱了出去。其余参会的人员以为永泽去上厕所了，谁知他径直回了村，给了镇长一个小小的难堪。

永泽这样子，也不是头一回了。他是个有主见的男人，也是个有脾气的男人，遇事吃软不吃硬。这个批评永泽的镇长刚上任，不太熟悉铜锣村罗支书的性格，碰了个软钉子只好认了。永泽最看不惯的就是镇上的领导干部以势压人，不说在工作上务实一些，只会说一些官话套话，听着有板有眼，琢磨起来却云遮雾罩，滑头得很。看来这新来的镇长就有这样的倾向，永泽可不吃他这一套。

虽说在会上使了性子，永泽却也没有忘记要干的正事。他在心里是极大地支持修建广场这件事的，这可不是往年为了完成绿化任务，把山坡正面都用绿漆染个遍那样的荒唐事；也不是假模假式地修建文化墙,被群众叫作遮丑墙。外面画得花红柳绿,里面却包着破败的矮房。他这回是吃透了文化广场的修建政策,只有好处没有坏处。

去年在城郊,永泽就见过银杏村的文化广场。广场上有戏台、文化书屋、棋牌室、健身场地等,村里人农闲时集中在广场活动,看着就像城里人一样悠闲又文明。永泽那时就想,几时给铜锣村也建上个广场,把村里的赌博之风好好改变一下。不大的村子,人口本来就不多,青壮年大多出门务工去了,留守的尽是些妇女和老人。一到晚上,女人们撂下孩子,聚在一起玩麻将赌钱,天天有吵架的。更有几个游手好闲的年轻人,没有外出,就领着这些爱赌博的妇女到处凑场子,惹得老人们非常不满,背地里说些难听的话。永泽听在耳朵里,看在眼睛里,却没有改变的办法。现在有了修建广场的机会,永泽心里其实是比谁都赞成的。别的不说,单是效果图上那个不大的戏台,就足以让支书永泽大大地动心了。永泽甚至已经想好了,等到广场建成,落成典礼上,一定要请县上的秦腔剧团来演几天大戏。虽说桂花村那台木偶戏也不错,年年都请来演几场的,可是到底不比真人真戏看起来过瘾。

当初给广场选址,永泽倒是希望选在自家地里,他二话不说就能做主定下来,可是设计的人偏偏看上永厚家的地块。也不是永厚家的地有多好,关键是那块地旁边有两座木结构的大厅房。村里的老人说那房子有上百年的历史了，是罗姓家族里清朝光绪年间的一个贡生家的房子。永泽的父亲就说过，中华人民共和国成立前还见过贡生家门前的贡竿。一见那贡竿，四邻八乡的就都知道那是曾经拔过贡的人家，是有名望的家族，罗家世代的骄傲。永泽的父亲还说，贡生家的房子最初是四合院，古色古香，房上的砖雕、木雕都是远近村庄里不曾有过的。可惜后人在分家的时候，把四合院东西两侧的厢房拆掉了，只剩下南北相向的两座厅房，五脊六兽，屋瓦鱼鳞，旧是旧了点，从前的气派还在。

广场选址在这里，就是想要利用这座古屋。几天前，永泽去和贡生家的后人商量，说明未来的文化广场要把两座古屋包在其中。人家一开始被吓着了，以为要占用他们的老房子。后来明白只是把房屋作为广场的现有建筑，并由公家出钱将房屋稍稍修葺一下，当然是修旧如旧的修法。这样，他们的旧院子就和广场的空地连为一体，再铺上青砖，既是自家院落，又是大家的广场。那贡生家的后人仔仔细细询问了永泽：以后，房子还是我们的？院子也是我们的？走路没人说啥？村上能给个保证？直到一系列问题得到永泽肯定的答复，并以村委会的名义，由村文书执笔给写了个保证书，才算把问题解决了。

可是这本家兄弟永厚，咋会提出这样过分的要求呢？永泽从炕头坐起，再点上一支烟，猛吸一口，心里问自己：永厚的要求过分吗？摇摇头自己否定了。其实人家还真不算过分，整块的坝地要给人家等量换成山地，搁谁身上都不痛快。何况那山地，就是当年没人承包的撂荒地，后来划归村集体所有，是谁见谁不喜的地块。

唉！罢罢罢，就把自家的地换给永厚好了，不就自己吃点亏嘛！永泽下决心似的又吸一口烟，却又摇着头吐了出来。吃亏，他是愿意的，可是老婆愿意吗？老父亲愿意吗？这他可就拿不准了。老婆也还好说，大不了挨上几顿骂。那老父亲呢？要是气病了可不是闹着玩儿的。

思前想后的永泽被工作苦恼着，他简直想骂几声娘，可到底还是忍住了。他索性把工作撂到一边，寻思着把家里的活计也干干。想起那阵子老婆唠叨改造圈舍的事情，也的确是要当回事。大半年的时间干村上的工作，替别人家操心，唯独没把自家里顾好。唉，也活该被老婆抱怨，挨女人的白眼。不如放下这棘手的事儿，找几个人帮忙挖沼气池，改造自家的圈舍好了。

永泽老婆带着女儿女婿从地头回来，见永泽带着三个人在猪圈旁挖坑，一下子高兴起来，知道男人这回是有空给家里干活儿了。但看看永泽心不在焉的样子，不像个干活儿的人。可这样他老婆也很满足了，只要永泽给家里操心，他自己干不干都行。

给永泽帮忙的几个人边干活儿边聊天，自然而然说到村上修广场的事情。永泽不无苦恼地说永厚不肯换地给他的工作带来了很大的困难。其中一个永厚家的邻居说，永厚给支书提要求，是有他的想法的。去年村上修路，让各家各户集资，听说国家还给了一部分的补助款项。但是路修通之后，村委会并没有公开账务。有人说是村上的干部吃了回扣，一部分修路款落进了干部的腰包，所以不敢公开账务。现在又要修广场，谁知道村干部又得占多大的便宜，所以永厚就不愿意将自己的地换给集体，他说要换的话，就让村干部换最合适。

永泽一听这话，气得把手头的铁锹一甩，狠声骂永厚：龟娃子！原来你是在盯我的账目，不相信我啊。以前村上一穷二白，一年到头啥事都不干，也没人说个啥。如今年头好，想办点好事还都是你们的说法。我罗永泽一不贪污二不受贿，我还就偏不公开账务，有本事你们去县上告我！这广场呢，还非修不可。大不了我给你罗永厚让步，就把我的地块让给你，看你还有啥话说。

永泽老婆一听男人发火了，赶紧也说：咋就这么没良心呢？冤枉人哩。都说干部吃得香，我们家为修路给大家垫付了多少冤枉钱谁又知道。路大家都走着哩，就数我们家出的钱多，谁又说过些啥呢。我看娃他爸，你这支书也当得没意思了，这就歇下好了，看谁能干了干去！

原本有情绪的永泽，一听老婆开口，一腔火气就撒在老婆身上了。他撂下手头的活计,没头没脑地骂老婆多嘴多舌,妇人家不该管男人家的事。他老婆挨了骂,一生气就回屋去了。一会儿,永泽的父亲从屋里出来,显然已经知道外边讨论的话题。他平心静气地给儿子说:你才当了几天干部,就火气这么大了,人家要求账务公开有啥错?你有啥不肯的,为人不做亏心事,不怕半夜鬼敲门。你自己心正就啥都不怕,就公开给人家看。把我捐赠的几个"袁大头"也公开,看谁还有啥话说!

永泽被父亲一开导,心下释然。看到父亲好像比自己觉悟还高,永泽抓住机会给父亲说:永厚不过是想换我们家那种魔芋的地块,我是思谋着您老不乐意才没有答应他。

让永泽没料到的是,老父亲在狠劲抽了一口旱烟之后,慢腾腾地说:就把咱家那块地换给他,不就是那块地埋着你娘吗?我眼闭了还要埋在那儿,不见得他永厚就不给这点面子!好歹我是他的一个叔叔哩。不过你记着,地给他换了,账务还是要公开,咱们做事不能给人留话把子,对不对?

永泽得了父亲的许可,心里更有底气了。他立马找到村委会的班子成员,就在当天晚饭前公布了去年修路的账目,并在高音喇叭上通知了农户。不一会儿,那张贴在村委会墙上的账目表前就围了好些人,正七嘴八舌地讨论着。永泽没看到永厚来,只好再次去他家,请永厚去督查账务,并告诉他,自己同意换地块。其实永厚的老婆早就看了公开的账务,回家给永厚说别再和村干部扳手劲了。永泽一进他家的门，说明来意，永厚家两口子脸上着实挂不住，像做贼被人捉住了似的，一时手足无措。还是永厚那伶牙俐齿的老婆会说话，她先给永泽道了歉，然后说在换地的问题上一时考虑不周全，给大家造成了困难。现在既然支书如此大度，他们也愿意给村上做点贡献。永厚缓过神来，也很郑重地表了态，说他也不要永泽家的好地块了，还请支书别介意。永泽也没想到自己的让步就让事情这么快地迎刃而解了，竟然有点喜出望外。一高兴就邀请永厚上他家去，非要把中午没喝完的五粮液干了。永厚一听要喝五粮液，二话不说跟上永泽就走了，留下他老婆一个人嘀咕：刚才都像仇人似的，这一有酒喝，就又像兄弟一样了。唉，这酒啊，这男人啊！

棘手的问题解决了，永泽回家的脚步格外轻松。一走出永厚家院子，他就扯嗓子唱上了：豪气凌云多猛将，红粉佳人情意浓！永厚跟在后边心里发笑，想说看把你支书今儿个高兴得，不就把我的嘴堵住了，把我的地块整去了嘛！还唱上红粉佳人了，嘿嘿，就你那老婆，一脸的雀斑，黑粉还差不多哩。可是毕竟没有说，永厚是不会把刻薄话说出口的那种人。

兄弟俩一前一后到了永泽家，没想到家里还有个人在等他们，是同村的罗忠福。忠福是子侄辈，见了他们应该叫叔叔的，可是忠福却没有任何称呼。永泽倒也不计较，他一向不喜欢这个堂房侄子，总觉得是个不靠谱的年轻人，胆大、话大，有时候还胡来。可这个年轻人却是个有眼光的，他这几年趁着灾后重建开办了砖瓦厂，狠狠地挣了一笔钱；有了资本以后就组了个建工队，自己当了包工头，这儿那儿地包工程，的确挣了不少钱。人一有钱腰杆就硬，待人难免也就简慢了。忠福不常在家，永泽在镇上和县上遇见过他几回。忠福开着一辆半新不旧的桑塔纳，很少给他这个当叔叔的支书停下过。只有一回在一家饭馆门前遇见，还算打了个招呼，也不过是给永泽敬一支中华烟，多余的话也没有。

现在他登永泽家的门，永泽凭直觉就知道没啥好事。但永泽并不开口问他，招呼他也坐下来，陪自己喝两杯。忠福倒也不推辞，大大方方坐下了。永泽安顿老婆炒了盘黄澄澄的鸡蛋出来。三个人就着炕桌连吃带喝，不到一小时的光景，大半瓶五粮液就见了底。永厚直夸是好酒，喝完了还要咂咂嘴，意犹未尽的样子。忠福喝了酒，神态便比往日谦和些，开始把永泽永厚二人喊叔叔，说：叔叔要是觉得这酒好喝，下回来我给你再弄两瓶。永泽一听这话，登时正儿八经地说：不用不用，你这叔叔就不是喝五粮液的命，我的"二脑壳"就好得很，要不是女婿娃孝敬我，我才不白浪费这么多钱呢。想想看，就这一瓶子酒，虽不过是五种粮食酿成的，可要是拿它的价钱来买粮食，不知能买回几百几千斤，真是太浪费了。

忠福听永泽叔叔这样说，几乎要露出鄙夷的神色，却又忍

237

住了，呵呵笑着，慢腾腾地说：我说支书呀，你这么一个能干人说的却是没眉眼的话。这好东西出在世上，就是让人享用的，能用上就只管用，还说啥浪不浪费的话，这不就没出息了嘛。我当侄子的再说句两位叔叔不爱听的话，你们就只知道"二脑壳"，祖祖辈辈喝的那玉米酒，一喝就把头喝大了。我看是越喝越没有脑壳，把一点经济头脑都给喝坏了。要不一村子人咋到现在还像过原始生活呢，连个大世面都没见过！

永泽因为今天的日子好，又办成了公事，确实是心里高兴，对忠福这不着调的言论也不往心里去。要是在往常，按照永泽的脾气，估计立马就会把忠福骂出门去。只有永厚不多话，让吃就吃，让喝就喝，酒足饭饱，嘴巴一抹，回家去了。

永泽知道忠福是无事不登门，找他定是有原因的，只是碍于永厚在场，不好张口。现在永厚一走，永泽估摸着忠福要给自己说事了。可是这挣了钱的忠福，心眼好像比以前更多了，他并不急着说自己为何而来，只管杂七杂八地乱扯。还是永泽不耐烦，粗声大气地问忠福到底有啥事没有，忠福这才慢悠悠地说：咱村不是要修文化广场吗？也是个不小的工程，就包给咱干好了。都知道这公益性的活计不挣钱，咱爷俩就图个名。你负责，我修建，也算给村里办件好事情。

永泽一听这话，不由得冷笑两声，心想，这娃还真出息大了，把这么大的事情说得跟抽支烟似的，轻描淡写。明明是为了两个钱，还要说自己干净得就像庙里的菩萨一样。嘿嘿，娃娃你莫觉得自己脑子好使，叔叔我也不是喝凉水长大的，把你的啥心思摸不着哩。

忠福听永泽冷笑，脸上立马冷下来，不咸不淡地撂下一句话：成就成，不成就不成，看不起我又是咋哩？说完拔腿就走。永泽一把拉住他，正色道：这成不成不是我说了算的事，这是要招标的工程，要走正规路子的。

忠福也正色道：我知道是要招标的，知道你也没权力直接包给我。我不难为你，我找你的目的是想让你别难为我。招标的事情我已经上上下下打点好了，连标的我都清楚，中标是非我莫属的事情。只是我这两年忙生活，把叔叔你看望得少，怕你对侄子有偏见，到时候可莫给我泼冷水，坏了我的大事。所以今天特来拜见你老人家，也不要你出钱出力，只要你在镇上领导跟前美言几句，把我的事情成全了就行。事成之后，我一定会还你一个重重的人情。

听了忠福这一席话，永泽觉得忠福是越来越没谱了。你才吃了几天这世上的饭，就精明成这样子，以为天下都是你的哩。别人不知道你忠福的底细，我还能不知道？看你这几年干的啥好事，开砖瓦厂，偏趁着灾后，联合附近的厂家乱涨价。国家给灾民补贴的几个重建资金，眼睁睁就让你从手里夺了去。再后来包工程，你凭借自己有资质，将承包到手的工程再转包出去，从中渔利，造成某些工程质量欠佳。只是那些拿了你好处的人包庇着你，才有你娃的今天。可是我罗永泽却不会拿你的任何好处，我做事是要替大家考虑的，也要替自家的良心考虑。要是我按你说的，糊里糊涂把工程给你包出去，你再转包上一手。到时候广场质量没保障，挨骂的就是我不是你了。所以，你不想我难为你，你就得老老实实照自己的本事干。否则，哼，我才不怕得罪你哩。

这样想着，永泽换了温和点的语气给忠福说：你先回去，开标的时候再说吧。忠福觉得支书永泽从冷笑到语气温和，大概是开始考虑他那个"重重的人情"的承诺了，心里偷着笑了一声，却也是一声冷笑。有钱能使鬼推磨！我就信这一句话。谁说支书是有原则的人，只要钻在钱眼里，哼哼，啥原则都是闲的呢。

等忠福一走，永泽立马给镇上负责招标的副镇长打电话。他和副镇长是战友，转业后人家是城镇户口，在镇上当了武装干事，不几年就当上了副镇长，成了父母官。两个人的战友情一直保持得非常好，副镇长一听永泽转述包工头罗忠福的话，竟然上了火气，在电话里斥骂了一通。两个人都坚持到时候绝对不能将工程包给罗忠福。

挂了电话，永泽看到手机上一条刚收到的信息：亲爱的叔叔，今天的五粮液喝得好吧？那是我特意托新女婿孝敬您老人家的，一点小心意，希望叔叔高兴。永泽看那号码，是个陌生号码，一时没弄明白是谁的来信。但是信中提到新女婿，于是把女儿女婿喊来一问。原来今天喝的五粮液就是忠福送给永泽女婿的，是两瓶，女婿给自己留了一瓶，只拿了一瓶来给老丈人喝了。

永泽一时气急，大骂女儿，女婿吓得躲到一边去了。永泽觉得自己今天真是丢人丢大了，竟然糊里糊涂被忠福这小子算计了。于是又骂罗忠福，一口一个小王八蛋，仍然不解气，顺手把老婆给自己端到面前的茶水打翻了，泼到了老婆的手上也不管。嘴里直喊：你养的好女子，都怪你养的好女子！永泽老婆看男人真动了气，也没敢分辩，只将女儿拉回内屋，商量给忠福退还两瓶酒钱。

骂人骂够了，永泽觉得很累，是心里累。他当村干部多年，从没有像近两年一样感觉到工作吃力。按理说，如今的惠农政策多，农民觉悟提高得快，农村工作应该是比以前好搞的。可却偏偏不是这样，总有人在政策执行的过程中徇私情，也有人想要中饱私囊，导致干群关系差，群众对干部的信任是少之又少。难得他罗永泽还是个很有公心的村干部，老父亲一辈子乐于接济他人，也算有德望，给永泽搞工作多少打了点底子，所以永泽在村上说话，还是蛮有威信的。可是在修建广场这件事情上，永泽真是感到很伤脑筋，群众工作做好了，却又冒出来个惯于走歪门邪道的包工头，又不把他这个支书放在眼里，甚至想玩弄他于股掌之间。想想真是气恼，永泽不由得长吁短叹，真有了辞职不干的念头。

可是路走到这里,有如碌碡拉到半山腰,上也得上,不上也得上了。永泽无奈地看看门外,已是黄昏时候。这一天过得可真是快!永泽心想,太阳要落山,那是谁也拉不住的,我想好好干点事,那也是谁也左右不了的!忠福小子,你也别太得意,咱爷俩走着瞧,还能让你的鬼主意得逞了不成!

一周之后,永泽在镇上当副镇长的战友打来电话,说工程招标已经结束,中标的是罗忠福的建筑公司,让永泽马上筹备开工仪式。

永泽接完电话,简直要暴怒了。这啥世道!这不说好的事吗,咋会中途变卦了?一定是那不争气的战友,眼皮子浅,得了罗忠福的好处,拿人手短吃人嘴软,竟然让邪气占了上风。看来你们果真都把我这个村支书没当回事,那我也就不给你们好看!正在气头上的永泽骑上摩托车一溜烟闯进了镇政府,直奔老战友的办公室。一进门也不管战友的办公室还有其他人,永泽先是劈头盖脸一顿数落,然后话中有话地挖苦老战友也是受了罗忠福的"打点",居然把他晾一边去了。

那当副镇长的战友忙不迭地招呼永泽落座,让他别胡说,听自己慢慢解释。可是永泽哪里能听得进去他的话,也不肯坐下,只说要找镇党委书记理论。战友看永泽一时不能平静,只得给他说:罗忠福中标是按照招标程序办的,是受法律保护的,你就是找到县长跟前也没办法改变这个事实。

战友还要详细给他解释，永泽已经摔门而出，带着一阵风在走道里拦住了镇党委书记，要把招标的情况问个明白。永泽虽然在战友跟前把话说得露骨，气生得也不小，可在镇党委书记跟前，却不由得缓和了一些，因为对方是个慢条斯理的人。书记告诉他，这次工程招标，共有包括罗忠福在内的三家公司竞标，只有罗忠福的标书做得最接近标的，别的两家均超出标的过高，因此罗忠福中标应是理所当然。

永泽也不怕走道里其他人听见，一股脑儿把罗忠福平常的表现以及在招标之前所说的话都抖搂了出来。书记只得把永泽领进自己的办公室。给他烟，不抽；给他水，也不喝，像个孩子一样赌着气，倒把年轻的党委书记逗笑了，说：罗支书，你还真可爱。都说你是铜锣村的响锣，咋今天到了我这儿是敲也不响，撞也不响，看来是真动了气了。永泽一肚子的怨愤和委屈，根本不理会书记戏谑的话，只闷声闷气地要书记讲讲招标的内幕。

书记又把刚才在走道里说的话重复了一遍，并对永泽说，关于罗忠福的情况，他知道的并不比永泽少。但这次为啥罗忠福能中标呢，书记停顿一下，告诉永泽：罗忠福中标是合法的，至于你所说的上上下下的打点，我可是一概不知。至少他是没有打点到我这里来，这一点还请罗支书放心。另外有个题外话，本来可以不说的，既然罗支书有疑问，也就只好说出来。罗忠福在中标之后，曾经和我有过一次私底下的谈话。当时，罗忠福表示，他极力竞标这项工程，还真不是为了钱，只是这么多年来在村里的影响不太好，也干了些遭人非议的事情。这回，他却想着是自己家门口的工程，一心想自己干。一来挽回一下自己在村里人心中的不好的形象，再来也是真心实意想为乡亲们干点实事。

听了书记的话，永泽鼻子里哼了一声，依然不屑地说：别听他说的比唱的还好听，还不就是为了多赚钱吗？书记最后告诉永泽：你知道吗？这个项目尚有近二十万元的资金缺口，我们还不知道如何解决。但罗忠福因为这次竞标成功，十分高兴，已经答应由他来承担。并且人家说到做到，已经将二十万元的支票送到镇政府的财务室了。那这样，你算算看，他还有多少钱好赚？

永泽简直不敢相信自己的耳朵，把书记最后说的话又追问了一遍，这才一下子豁然开朗，眉眼舒展了些。他觉得晕乎乎的，好一阵子没转过弯来。这闹的是啥事嘛！这咋会门缝里看人，把这侄娃子给看扁了呢？唉，看来我永泽真是老了。得，既然忠福你小子有这一番心意，我还真就要高看你一眼，待我回去正儿八经请你来，让你婶子好好做几道菜，咱爷俩美美地喝一场。

这样想着，永泽竟然忘记给书记和他的老战友打个招呼，就起身回家了。摩托车一路上风驰电掣，永泽感觉耳边的风都是热的，就像他此刻一颗热乎乎的心。